意林

公元787年，唐封疆大吏马总集诸子精华，编著成《意林》一书6卷，流传至今

意林：始于公元787年，距今1200余年

U0964430

意林®轻文库

青春最美，梦想出发

中国式好看轻小说优鲜品牌

# 加油吧，全能少女骑士②

梵 卓◎著

北方妇女儿童出版社

·长春·

**图书在版编目（CIP）数据**

加油吧，全能少女骑士. 2 / 梵卓著. -- 长春 : 北方妇女儿童出版社, 2019.5
（意林·轻文库. 非非工作室·灵气少女馆系列）
ISBN 978-7-5585-3700-4

Ⅰ. ①加… Ⅱ. ①梵… Ⅲ. ①长篇小说－中国－当代 Ⅳ. ①I247.5

中国版本图书馆CIP数据核字(2019)第099444号

**加油吧，全能少女骑士②**

**JIAYOU BA, QUANNENG SHAONÜ QISHI ②**

---

| | |
|---|---|
| 出 版 人 | 刘 刚 |
| 出版统筹 | 师晓晖 |
| 策 划 | 安 雅 张 星 |
| 责任编辑 | 吴 强 王 婷 吴宛泽 |
| 图书统筹 | 蓝曦悦 |
| 特约编辑 | 丁 旭 |
| 绘 图 | 花月婷然 |
| 书籍装帧 | 胡静梅 |
| 美术编辑 | 张云丽 |
| 作家经济部 | 卢晓凤 |
| 开 本 | 700mm×1000mm 1/16 |
| 字 数 | 280千字 |
| 印 张 | 11 |
| 版 次 | 2019年6月第1版 |
| 印 次 | 2019年6月第1次印刷 |
| 印 刷 | 天津中印联印务有限公司 |

---

| | |
|---|---|
| 出 版 | 北方妇女儿童出版社 |
| 发 行 | 北方妇女儿童出版社 |
| 地 址 | 长春市龙腾国际出版大厦 |
| 电 话 | 总编办：0431-81629600 |
| | 发行科：0431-81629633 |

---

定 价 24.80元

# 目录

# Chapter 1

# 漫画家的危机

1

多年以前，有一位小男孩，生活在一间偌大的房间内，然而与之相伴的只有成堆的动画片和故事书。

他不能外出玩耍，不敢和别人交谈，更遑论得到“朋友”这样奢侈的馈赠。

其实，男孩一直有个秘密没有向任何人提起过——他的内心住着一只可怕的怪物，他必须时刻保持警惕，防备着怪物的突袭。即便每每战斗过后，他总是伤痕累累，疲惫至极，也不敢有丝毫的懈怠。他明白，只要有那么一瞬冒出放弃的想法，就会让怪物有机可乘，将他拖入更晦暗无望的深渊之中。

在这样没日没夜的战斗中，男孩长大了，也渐渐掌握了怪物的弱点。原来，怪物惧怕美好的事物。一旦治愈、感人的画面出现，怪物就会号叫着退避三舍，让他得到片刻的宁静。

于是男生开始不再满足于单从书本上获得慰藉，他开始通过自己的双手构建出自己想象中的美好。

一天天，一年年地过去了，就在他以为这辈子便会以如此的方式走过自己的一生时，一束阳光却意外地透了进来，顺着光源，他这才发现角落缝隙不知何时长出一株蔷薇，无风牵引，清香自来……

“你好，麓微老师，我是琉光大学编导系大一新生邵小野，也是您新任的漫画编辑，以后请多指教。”

清亮的嗓音如竹露清风般舒爽，带笑的眉眼永远洋溢着青春的蓬勃气息。

他恍然大悟，原来这个世界上所谓的美好事物，不是花开成景，花落成诗，也不是爱情美满，一生顺遂无忧，而是生命中有这么一个人，手捧一束阳光的温暖来到你的身边，便觉岁月静好，此生无憾。

女孩开始一点点地侵蚀着他构造出的灰白世界，给他带来全然不同的感官和色彩，湛蓝的天空，带着露珠的青草和明媚的微笑。在她的鼓励下，男生终于勇敢走出第一步，迎来自己人生中第一场签售会，然而，意外出现了……

“当我女朋友好吗？”

话音刚落，另一个高挑的身影便将女孩拥入怀中。

那一瞬间，只感觉原本陪伴着自己的温暖突然抽离了身体，他恐慌了，失手揍了对方一拳，并将女孩扯到自己的身后，声音如澄澈冰寒的深水，警告意味十足！

“离她远一点儿！”

他的力道不轻。然而，硬生生吃下这个拳头的颀长身影竟连身形都未动，拇指状似无意地轻触了下嘴边的伤口，渐渐浮起一抹浅淡的笑意，冷厉的目光却不由得让人心头一紧。

偌大的广场充斥着令人窒息的寂静，空气中似有一道道紧张的气流缠绕住了每个人的呼吸，令所有人都下意识地噤声。

女孩望了望两个人肃杀的目光，想上前劝架，却惧于他们散发出的这可怕的气场。

“凭什么？”这时，那个明明挨了拳头却依旧高大的模糊身影不怒反笑起来。

“什么？”他微微一愣。

“而且……”对方若有所指地勾出一记嘲讽的笑意，故意凑近鹿唯的耳边低声说，“你应该比我更没资格吧？杀人犯！”

“杀人犯”三个字如同平地惊雷一般在鹿唯的脑中轰然炸开，就在这一瞬间，眼前的景象宛如虚构的镜面一般，被轻轻一击，立刻龟裂出条条纹路，并迅速往四处蔓延扩散，最终破裂成无数碎片，纷纷下落。

碎片化作一只只黑蝶，飞越记忆的沧海，与远方那令人窒息的黑暗融为一体，并逐渐扩大，几乎要将他淹没……

啊！

鹿唯猛地一睁眼，几乎是无意识地坐了起来，刘海儿被汗水浸湿贴在额头，从沉重的噩梦中醒来，他劫后余生般的大口喘息着，午夜的房间，安静得似乎连心跳声都觉得震耳欲聋。

床头柜上的手机突然振动起来，打乱了鹿唯的恍惚。

侧首，待看清手机屏幕上的来电人名，鹿唯无意识地皱了皱眉，犹豫了几秒才按下通话键。

然后，电话那头顿时炸了锅。

“鹿唯，我的鹿祖宗哟，你可算接电话了，我从傍晚到现在，给你打了二十几通电话，手机电量都要耗完了。你再不接电话，下一通我可就要拨给警察局了。”顾城在电话那头噼里啪啦地一顿抱怨，宣泄着自己的焦虑与不满。

然而，他急速飙升的肾上腺激素却只换来对方云淡风轻的一声“嗯”。

顾城差点儿一口气没提上来：就这么完了？

“没别的事……”话音刚落，手指已经不自觉地伸向结束通话的按钮。

“等等，你不会忘了今天是交稿的日子吧？”

“嗯，我记得。”鹿唯依旧不冷不热地应着，人却早已坐在电脑桌前，拿起了压感笔。

笔尖刚触到数位板，饥肠辘辘的肚子便开始发出咕噜噜的声响，视线扫过眼前一堆杂乱的食物包装，他最终放下画笔，在其中挑挑拣拣，拿起一瓶不知几天前喝过的矿泉水，将里面仅剩的三分之一瓶水灌入口中，算是勉强垫垫肚子。

“还有……上次你发给我的分镜稿还是有些问题。”顾城有些为难地看着手中的画稿，想着如何委婉地告知鹿唯，这期的连载有可能无法顺利上刊。

早前纪景行主动从邵小野的手中接任了鹿唯的漫画编辑一职，但谁敢真的安排这个空降的纪大少爷去做事？而且他初来乍到，也不懂行业内的规则，所以审核鹿唯稿子的任务自然还是落到了顾城的手中。

“好，我重改。”一贯的惜字如金。

这是稿子被第二次要求重修，鹿唯虽然嘴上没什么表示，但心里已经隐隐有些急躁。

“嗯，那个……别太勉强，如果实在想不出，可以休息……”

自那次签售会之后，鹿唯的稿件质量几乎呈现断层式地下降。可是他什么也不说，只埋头画稿，顾城知道他状态不好，也不想他把自己逼得太紧了。

“嘟嘟嘟——”

顾城的话还没说完，电话那头，只剩下冷漠的忙音回应他。他盯着手机足足愣了三秒钟，一腔怒火差点儿从口中喷出，鹿唯这个没良心的，居然敢挂自己电话。

也不想想自己在签售会上揍人，还因此上了热搜，他可一句都没责怪过，还动用了所有的关系将对他的伤害尽量降到了最低。

他环视满桌子的文件和画稿却找不到合适的发泄口，最后只得将视线集中在自己的右手，投掷的动作在最后一刻被理智及时制止。

左手死死地按住右手，他忍下了这口气：这手机还有用。

下一刻，他熟练地拨通一串号码：“喂，少爷！十万火急……”

画面一转，昏暗的卧室内，只有电脑屏幕发出淡淡的光，满地都是杂乱的纸团和作废的画稿。

唰唰唰——

鹿唯在手绘板上几笔勾勒出一位单膝下跪的男子，他手捧一束鲜花，正对着面前的明媚少女，男子的五官却被一堆乱糟糟的线条取代。

埋头赶稿的鹿唯盯着画面好一会儿，最终还是放下手中的画笔，他根本无法静下心来专心应付画面里的人物。

事到如今，他依旧无法相信那日签售会发生的一切。

她……最后竟真的接受了纪景行的告白？

2

“嗯，接受了。”

饮品店内，邵小野搅拌着杯中的饮料，淡然的语气如同在谈论日常小事般平淡。

“少爷你是认真的吗？”即便是再一次听到这个答案，顾城仍旧没法像当事人那般云淡风轻。

邵小野失笑出声：“干吗这么一惊一乍的？签售会上的事，你不是已经知道了？”

那次签售会，鹿唯意外揍了纪景行一拳，谁能想到邵小野却率先从鹿唯的身后站出来，接受了表白，当场坐实了这段恋情。

那爽快的程度，认真的表情，竟没有一点儿恋爱中的女生扭捏的样子，甚至还带着一点儿洒脱。

别说是鹿唯，在场的粉丝都傻眼了，还好离得最近的负责人率先反应过来，拉着主持人上台，两人一唱一和重新活跃气氛，还临时开展一些赠送周边福袋的小活动吸引眼球，而他们三人也被工作人员悄悄带了下去，签售会就此草草地收了场。

只是，人气漫画家麓微在首场签售会上打人的事件，让他原本高涨的人气多少受了些影响。彼时网络上流言满天飞，最后竟杜撰出一幕跌宕起伏的言情大剧。

网络上各自的粉丝斗得是酣畅淋漓，然而现实中的当事人，却并不在意这些。邵小野笑而不语，纪景行则和之前一样，正常上下课，偶尔约上邵小野去图书馆或者四处走走逛逛，两个人的关系并没有因为对外公布而得到进一步的发展，让人忍不住怀疑，其中是否有猫腻。

至于从不接触任何社交软件的鹿唯，更是选择一声不吭地专心画画，看起来似乎并未因签售会的事受到影响。

“可是，你和那个纪景行，怎么想……也……不可能，不可能的。”顾城此刻的反应俨然比当事人还要激动，他故作神秘地东张西望后，小心翼翼地靠近邵小野，压低声音问道，“你告诉我，是不是有什么难言之隐？”

邵小野“扑哧”一声，忍不住笑出了声：“顾大哥，你果然是少女漫画看多了，哪儿有这么多猫腻啊？我问你，纪景行是缺胳膊少腿，还是智商有待开发？”

“那倒没有……”顾城哑然，表情讪讪地摸了摸鼻子。

“那你怎么就觉得，我是有苦衷的？”

“不是，我是担心纪景行，他是多想不开才会喜欢我妹妹。”

见邵小野并无太多异样，顾城只得以玩笑的方式带过这个话题，两个人嬉闹一阵，他叹了口气，欲言又止：“哎，我以为你……算了算了。”

邵小野没有听懂顾城话里的意思，但看对方苦恼的模样，以为他还在担心半个月前的那次签售会事件。

“你放心，关于鹿唯在那次签售会上的意外，以及会上造成的各种损失与违约问题，你让他不要担心，纪学长说他会解决的。”

“嗯……你确定不去看看鹿唯吗？”

“鹿唯，他怎么了？”她微微一愣，略显讶异。

“哎，这也是我今天找你的原因。”

顾城抽出一个公文袋递到邵小野的面前，此时，顾城早已敛去笑容，神情肃静。

接过公文袋，打开，里面正是鹿唯这段时间画的分镜稿。随着翻动纸张的声响逐渐迟缓，邵小野的表情也变得凝重起来。

“你也发现问题了吧？”顾城无奈地叹了口气。

“嗯。怎么说呢？剧情有些平淡，总觉得角色突然没了灵魂一样。”

他笑，忍不住赞了句：“你果然是最懂鹿唯的人，当然仅次于我。”末了，还不忘夸奖自己一句，接收到邵小野的白眼，他这才稍稍收敛，重回重点。

“鹿唯的漫画除了精美的画风外，鲜明的人物形象和极具特色的镜头感也是一大特色，只是现在故事里，人物不仅开始趋于套路化，分镜模式按部就班，就连画风都让人觉得有些灰暗压抑。这要是刊登出来，根本就是砸了鹿唯辛苦创立起来的招牌。”

邵小野点头表示同意。

“而且……这已经是鹿唯第二次返稿了。”

她猛地抬头，眼里的震惊一览无余。

签约至今，鹿唯一直保持着极低的返修率和零拖稿纪录，甚至连细节都不曾出错过，这一次，竟连着两次被要求修稿，恐怕这对鹿唯应该是不小的打击。

“你知道他为什么会这样吗？”

顾城摇了摇头：“那臭小子要是那么容易对我老实交代的话，你之前就不用那么折腾了。这周的连载估计是赶不上了，所以我让排版的小编以麓微身体不适为由暂停连载，这一期先以其他作者的短篇故事填补进去，但这不是长久之计。”

“那现在该怎么办？”

纠结的问题一出，两个人分外默契地对望一眼，毫无意外地看到了一样的无能为力，只能无比沉重地叹了口气。

这时，一道低沉磁性的嗓音适时出现，打破了僵局。

“何不趁此机会，让麓微老师好好休息，出去散散心？”

嗓音刚落，纪景行自然地坐在了邵小野的身边，见她点了杯杧果汁，竟直接端起她的杯子，仰头将果汁一饮而尽。

在顾城和邵小野错愕的目光中，他面露歉意的微笑：“抱歉，有点渴了。”

他将刚点的热可可推到了邵小野的面前，仔细叮嘱：“你最近在特殊期，还是少吃点杧果比较好。”

温暖的掌心轻轻地覆在邵小野略显冰凉的手背上：“手怎么这么冷？”

顾城张着嘴，一脸震惊地看着两个人的亲密动作，恰好错过了邵小野脸上闪过的一抹不自在。

邵小野刚要开口，纪景行突然用眼神示意外面窗户，她瞬间心领神会，默默地接过热可可，乖巧顺从的模样让顾城忍不住掐了自个两下，让疼痛将自己拉回现实。

“你干吗呢？”邵小野莫名地看着顾城吃痛时龇牙咧嘴的模样。

“如此温柔乖巧的少爷让我觉得像是在做梦啊！”顾城感慨。

“可能你刚才的打开方式不对，来来来，我来帮你看看是不是做梦。”邵小野扯开一个看似无害的微笑，挽起袖子就要朝顾城身上招呼 。

顾城急忙讨饶：“哎呀，我错了，错了还不行吗？”

纪景行见两人打闹，失笑道：“你们兄妹俩的感情真好。”

“话说，你怎么知道我们在这？”

邵小野意识到纪景行正看着她，赶紧不自在地住了手，并适时岔开了话题。

“刚好得到一个消息，想来找你们商量，我猜你们也许会在这。看来我来得正是时候。”纪景行轻声说着，修长的手指看似随意地拿起桌上的画稿，眼底似有一抹异样闪过，他抬起头，很快掩饰好情绪，重新掌握话语的主导权。

“你们说，麓微老师有没有兴趣参与真人纪实漫画的活动策划？”

对于纪景行的提议，顾城和邵小野两个人一致转头望向他，脸上均写满了茫然和疑惑。

所谓的真人纪实漫画，就是以现实世界中的人物为故事主角的原型，并且以他们身边发生的情节进行再创作的漫画故事题材。鹿唯早前的一部漫画作品售出了影视版权，最近已经开始进入正式的拍摄阶段，里面的演员更是请来了如今话题正热的偶像，为尽量还原原著，耗费巨资搭建作品中的真实场景。可见公司对此次作品的高度重视。而本身就带有一定热度的漫画作品在决定影视化的新闻稿发出时，就受到不少粉丝的追捧。

于是，对方公司的营销策划部门便向纪景行建议了这个企划，希望身为作者的鹿唯能够来到拍摄现场，根据演员们的日常，创作一些类似幕后花絮的漫画小剧场，作为开播前的预热。

早前，公司因为顾及鹿唯繁忙的签售行程以及个人因素，所以婉拒了这个提议。谁承想签售会事件，导致后面的签售行程一并取消，虽然连载的作品目前还未受到太大的影响，但是就鹿唯的个人形象来说，还是遭到了一定的非议。

3

“嗯，趁此机会，让他转换下心情确实是个不错的提议，只不过……”想到鹿唯的情况，顾城又忍不住担忧起来。

就算不说，邵小野也明白顾城的忧虑。依鹿唯的性子，就算是对他有益的活动，他也未必肯就范。况且，如果被片场的其他人发现了他的病，并大肆宣扬，后果简直不敢想象。

可是就此放任他不管，也解决不了问题。

“其他的都不打紧，重点是该怎么说服那臭……我是说鹿唯。”顾城说。

见两个人都不说话，顾城故意咳嗽了两声，郑重其事道：“我觉得吧，在这世界上，能撬得动鹿唯这颗顽石的，只有我们家少爷了。”

邵小野闻听此言，有些尴尬地轻扯了下顾城的衣袖：这貌似不是一件值得骄傲的事啊！

这时，纪景行却露出一丝意味深长的笑意道：“这倒未必。”

“呀，原来你们在这儿呢！”一道惊喜的呼唤伴随着阵阵高跟鞋敲击地面的轻响联袂而至。

站在他们前面的女生，有着精致的妆容和时尚的穿搭，仿佛随时都能出席戛纳红毯般，她那极为不自然的锥子脸和化得过分夸张的芭比大眼，都让邵小野觉得似曾相识。

“哎呀，好久不见，纪学长，小野。”女生分外热络地同他们几人打招呼。

“菲儿，你认识小野？”纪景行问道。

眼前的女生正是伯莱恩学院的学生会会长汤菲儿，曾在伯莱恩学院就读过一段日子的纪景行，和她自然有些交集。只不过，就读于琉光大学的邵小野按理说应该和对方是八竿子打不着的关系。

“是啊，我是伯莱恩学院漫画社的社长，之前小野曾和我一块合办了场活动。”

汤菲儿这么一说，邵小野这才猛然记起有这么一段乌龙事件。

前不久，鹿唯提议要去伯莱恩学院取材的时候，邵小野曾拜托过汤菲儿帮忙，一起合办过鹿唯的作者茶话会，只是那次的社团活动最终以鹿唯发病而不了了之。

真的是人生何处不相逢，想不到竟以这样的方式再次相遇。

而更让她吃惊的是，汤菲儿的身边竟站着鹿唯！

鹿唯仍旧挂着他那张阴晴不定的冷脸。汤菲儿见身后的鹿唯纹丝不动，不得不一把挽住鹿唯的胳膊，半拉半拽地来到邵小野他们面前。

至于在一边的顾城，一见这时的气氛有些微妙，立马站了起来，谎称杂志社还有事，就逃走了。

邵小野目送顾城离开后，脸上的微笑未曾减少一分，只是语气颇为生硬："你们……"

她脑海中有无数个问题，亟待有人能够帮忙解惑，只是真要开口的时候，却不知要从何说起。

"忘记介绍了，菲儿是这次纪实漫画活动的主策划和负责人。"纪景行正式地介绍道。

这次合作的影视制作公司是汤氏集团专门负责娱乐项目的子公司。邵小野豁然开朗，看来贵族学校里的学生不单单体现在"贵"上，他们的人脉也与将来的事业版图有着千丝万缕的联系。

"你是说……"邵小野一脸难以置信地求证道。

"是的。麓微老师刚答应加入这次的拍摄活动。"汤菲儿好心地回答了她的疑问。

听到这个消息，邵小野心里极其不是滋味，记得初次见到鹿唯时，自己费了多大劲儿才让鹿唯像正常人一样生活交际，如今汤菲儿不过三言两语，不费吹灰之力就让他点头同意了。她明白自个没有太多的立场去过问此事，却依然觉得心里堵得慌。

当初自己奋不顾身，甚至无数次被鹿唯恶言相向，却还一次次"恬不知耻"地回到他身边。过去的种种好似过眼云烟般，说散就散了。

"我第一次和麓微老师合作，不想有丝毫差错，所以这才拜托纪学长把你约出来。"汤菲儿语气诚恳，一改往日娇纵大小姐的姿态，一副潜心求教的样子。

"嗯，你有什么问题，可以请教小野的。"纪景行这么一说，邵小野也不好推托，只能挂着尴尬而不失礼貌的僵笑："其实，我也没帮多大的忙……"

"对。"她的话还没说完，鹿唯便煞有其事地点了点头，表示肯定。

"喂！"邵小野怒瞪他，他则像没事人一般低头涂改自己的线稿，完全不把邵小野的怒火放在眼里。

不想气氛太过尴尬，邵小野只得愤愤坐下，不再开口。

“对了，听说你和我们学校的前校草交往了，感觉如何？”汤菲儿很是机灵地转移了话题，她轻轻捅了捅邵小野的手肘，挤眉弄眼道，“我们的纪学长不会是为了你才转学到琉光学院的吧？”

“呵呵，你说笑了，我哪有那么大的魅力？”邵小野尬笑两声，不知该如何回答这个问题。

“我们的电影差不多要开场了。菲儿，你们应该都有对方的联系方式，另约个时间？”

纪景行何其细心，他见邵小野不自在，于是找了个理由准备离开。

“好啊，我很识相的，不会当你们的电灯泡，小野，我们下回再聊。”

“啊？哦，好！”对于这样急转直下的道别，邵小野一时反应不及，有点蒙。

“小傻瓜。”纪景行忍不住失笑，伸手正要揉邵小野的发顶心，以示亲昵。

“啪！”一只骨节分明的手动作极快地拍向对方手背，阻断了纪景行的动作。

空气仿佛在一瞬间凝固了般，鹿唯讪讪地收回手，脸上没有任何歉意，道：“不好意思，最近用手过度，有点儿抽筋了。”

邵小野嘴角忍不住抽搐，心想，这样胡扯的理由，有人信才怪。然而鹿唯并不打算就此罢休，他伸手一把抓住邵小野的手，站了起来：“你跟我来，我有话跟你说……”

“啪！”鹿唯的话还没说完，这次轮到纪景行将他的手拍掉。

他转动着手腕，分外不走心地解释道：“抱歉，运动神经有点儿发达，条件反射了……”

趁众人不注意，纪景行一把揽住邵小野的肩膀，仿如宣誓主权般：“有什么话，在这里说就好，请不要耽误‘我们’看电影。”

“我们”两字他刻意加重了语气。

邵小野瞅了瞅对面的鹿唯，望了望身边的纪景行，感觉自己在夹缝间寸步难行。因为两个人的对峙，已经引来周遭不少好奇的目光。

在一边的汤菲儿无辜沦为背景板，完全插不上话。

鹿唯直勾勾地盯着邵小野，瞳仁黝黑深邃，苍白的肌肤毫无一丝生气，却难掩令人过目难忘的俊美容颜。

“我……”邵小野才要开口，握着自己肩膀的大掌却蓦地一紧，她心头一凛，停顿片刻，滚到嘴边的话被生生咽下，变成了疏离的回应，“嗯，你有什么话，就在这儿说吧。”

鹿唯感到心似乎被什么东西击中，裂纹迸现，一点点地破碎中。

“你真的……要走？”他的语气淡得仿佛随时都会被一阵风给刮走，却让邵小野的心猛地揪起。

4

“嗯。”鉴于鹿唯问得恳切，邵小野认真地考虑了好一会儿才点了点头。

“不要走！”他不死心地挽留。

“小野有自己的生活社交圈，不是你二十四小时随叫随到的女仆。”

这次不待邵小野有所反应，纪景行率先为她打抱不平，眼底的那抹轻蔑渐渐浮现。

“这……不关你的事。”鹿唯好不容易才憋出了这么一句话，原本毫无血色的脸竟也渐渐泛起一层淡淡的粉，显然气得不轻。

“我不干涉小野交友，我只是觉得你这个朋友很自私而已，你只要有一丝为她考虑过，就不会说这么不负责任的话。”

“我怎么就不负责任了？”鹿唯气不打一处来，愤愤反驳。

“那你就让小野自己选择离开还是留下！”纪景行不退反进，将问题抛给了邵小野。

“啊？”

这次所有人的目光集中在了邵小野的身上，她不禁紧张起来。

不就是去看场电影，怎么弄得像生死诀别一样？

“鹿唯，别闹了。”终于，邵小野开了口。围观的人已经越来越多了，赶紧停止这场闹剧吧。

鹿唯听到这，狠狠地闭上眼，好像他不这么做，眼底的悲伤就要将他的整个世界都淹没一般。

他不再开口多言，转身疾走，不带一丝留恋。汤菲儿只得匆匆和两个人道别，慌忙赶上对方的步伐。

“喂，不是你说要跟我出来搜集素材的，怎么就这么走了？喂喂，你等等我啊，别走那么快啦！”汤菲儿娇弱的抱怨声随着人儿的离去，也渐渐飘散开。

邵小野回过神，稍稍挪了下身子和纪景行保持一些距离。

眼底的寒光稍纵即逝，纪景行从容地将搭在她肩膀上的手放了下来：“不早了，我送你回去吧。”

邵小野本能地想拒绝，但见对方态度坚决，也就不再推托。

“请问，这个游戏还要持续多久？”快到家门口的时候，邵小野还是忍不住问出了口。

“看你能坚持多久。”他轻笑，意味不明。

邵小野还想张口说些什么，最终也只能重重地叹口气，谁让自己事先答应了他呢？

“怎么了？和我在一起很痛苦吗？”看似玩笑的口吻，却夹杂着几分不寒而栗。

“不是，你很好。”邵小野急忙否认，她承认，或许任何一个女生都梦想拥有像纪景行这样的完美恋人，温柔、体贴、无微不至，甚至是对她身边的家人朋友也照顾周全，无论是样貌、才情、双商全都无可挑剔。

“还是说……你是在意今天鹿唯的话？”他眼中水光一潋，似有波澜起伏。

“也不是……”邵小野犹豫着该如何解释现在复杂的心情，虽然这次见面，鹿唯的行为举止依旧古怪，她也不认为自己刚才说了什么伤人的话，只是鹿唯最后离去时落寞的身影，让她心口微微发紧，有些不忍。

邵小野沉吟片刻，在脑海中搜索合适的词汇来解释：“你大概不太了解鹿唯，他性格比较孤僻又不善交流，所以到目前为止就我这么一个朋友，刚才我却……”

背叛！

是的，脑海中竟只剩下这么个字眼，明明她什么也没做，但看鹿唯的表情仿佛她是那个罪无可赦的背叛者，背叛了他的信任以及两个人之间的感情。

“你听过浮木原理吗？”纪景行突然发问。

“浮木原理？”

“一只不会游泳的小猫站在一块小得可怜的浮木上，在海面上载浮载沉，小猫将面临一个难题，如果在浮木上继续待着，等待它的命运就是活活饿死。而它如果跳下海，则面临被巨浪淹没。如果你是那只小猫，你会怎么选择？”

“我？”邵小野指着自己，有些莫名，这和鹿唯有什么关系？

“如果是我，我会勇敢地跳下去，强烈的求生欲会让我学会游泳，学会捕食，学会面对。而如今的你就像是鹿唯手中唯一的浮木，仿佛只有借由你这个媒介，他才能同外界正常沟通。可是，你现在必须放手，这样才能让鹿唯学会独自面对。”

“是吗？”邵小野有些茫然，她觉得纪景行的话有几分道理，却又隐约觉得不太对劲，只得含糊回答，“也许你说的是对的。”

见她被说服，纪景行将手轻搭在她的肩膀上：“而你现在真正该考虑的是你自己，你心之所想的事。”

“我……所想？”这下轮到邵小野有些迷糊了，她有什么可想的？

“是的。”纪景行转头，目光沉沉地注视着她。

“大家都说你是无所不能的少爷。但这都建立在你不想给别人添麻烦的基础之上。对朋友是这样，对鹿唯更是如此！”

“照你这么说，我一辈子都在讨好别人。”邵小野想扯起嘴角，假装这是个笑话。只是那仿佛看透一切的双眼，如同一张巨大的网朝她扑过来，想要躲藏，却又无所遁形。

“其实，你最该讨好的人，是你自己！”他的言语温存款款，缓缓入耳，再配上心疼得无以复加的眼神，如同一支正中红心的箭，温柔而又致命。

在那一刻，邵小野感觉心弦微颤，在胸腔里嗡嗡作响。

寒假来临的时候，纪景行便主动提议和邵小野一起去欧洲旅行，然而她表示比起和朋友旅行，自己更想与许久未见的家人团聚。纪景行表示理解并积极地帮她订购往返机票，安排行程，甚至一起添购前往美国的基本用品和礼物。

自从那次在饮品店里不欢而散后，邵小野和鹿唯两个人似乎彻底断了联系，不仅没有一通问候的电话，就连微信也只剩下让人遗憾的空白。没有鹿唯的日子，邵小野的校园生活波澜不惊，明明这就是她梦想中的大学生活，却不知为何当梦想成真时，却没有想象中那般欣喜。

笑闹过后的突然沉默，忙碌之时的莫名走神，好似身体的某个部位缺失了一块，空落落的。

拖着行李箱，走出家门的那一刻，邵小野从口袋中翻出手机，浏览每个朋友的道别记录，生怕错过什么重要的信息，指尖不经意地在鹿唯的头像上停了下来。

她摇了摇头，把多余的心思甩出脑外，还是不道别了吧，反正她很快会回来，希望这段时间彼此都可以冷静一下。也许纪景行的提议是对的，他需要接触更多的人、事、物，自己也不可能一辈子都陪在他身边。

邵小野刚走出小区，只见一辆白色轿车疾驰而来，伴随着轮胎摩擦地面的刺耳声响，稳稳地停在了她的面前。车窗降了下来，顾城探出脑袋，脸上满是焦急地招呼邵小野上车。

邵小野虽有些莫名，但还是乖乖地上了车子，刚系好安全带，顾城便猛踩油门，“嗖”的一声，几个急转弯，飘出了小区大门。

她下意识地握紧扶手，望着窗外几乎化成一条条残影的风景，心有余悸地扭头对顾城道：“顾大哥，我是赶飞机，不是赶着去投胎，不必这么着急吧？”

“鹿唯失踪了！”

一则爆炸性的消息就这么劈头盖脸地砸了过来。

“什么？”邵小野面露诧异。

“今天本来是准备出发去《触不到的你》剧组的日子，大家约好在杂志社门口集合，却始终没有见到鹿唯的身影。”

顾城懊恼地捶了下方向盘，他就知道会出事，只是想不到偏偏在这个时候，来这么一出。

## Chapter 2

# 专治失恋的秘方

1

“去他的公寓看了吗？”

认识鹿唯之前，邵小野一直觉得这家伙行踪诡秘，知道他的病情后，她才明白，这都是他不可控的，难道是他的病情加重了吗？

“今天一大早，我就去公寓找人了，看样子很像……”顾城犹豫片刻，这才艰难地开了口，“彻夜未归。”

彻夜未归的消息瞬间扼住了邵小野的呼吸，如果真的是外出时发病了，时间越久，遇到危险的系数就越高。

“图书馆、公寓、周边的小区绿化带都仔细找过了吗？”她焦急地问。

“嗯，都找过了。鹿唯可能去的，不可能去的，甚至公寓附近的网吧、咖啡厅都找了个遍，所以才想问问你，有没有其他遗漏的地方。毕竟，你和他相处得更久些。”

邵小野思考了片刻，提醒道：“之前在琉光大学住的那栋学生公寓呢？”

“这个，我们也考虑到了，但我和汤菲儿都不是本校生，不好进去，这才来找你……”顾城面露为难道，“抱歉，少爷，耽误你赶飞机了。”

邵小野低头看了眼时间，离飞机起飞还有一段时间，应该来得及吧。

到了琉光大学，门卫核对了邵小野的身份后，她便直奔学生公寓顶楼的房间。来到门口，意外发现大门的门锁竟被人为地砸坏了。

邵小野和顾城两个人面面相觑，几乎可以判定谁是罪魁祸首，两个人先后步入房间，厚重的烟尘味即刻充斥两个人的鼻腔，邵小野连连打了几声喷嚏。

房间内堆积了厚厚的灰尘，冬日的光线本就稀薄，整个房间看起来压抑又阴暗。

地上深浅不一的脚印，说明曾有人造访过这里。

邵小野呆立在大厅兀自震惊，时间真是个可怕的改造家，不过一段日子没来，这里仿如隔世一般。顾城麻利地搜索每个房间，然而令人失望的是，鹿唯并不在这里。

“或许他昨天在这儿过了一夜。”邵小野怔怔地望着沙发上那浅浅的凹陷印记，想象着他昨晚就这样屈着双腿，蹲坐了整晚的模样。

“但是，他现在究竟又去了哪里呢？”顾城懊恼地耙梳着头发。

邵小野逼迫自己冷静下来，仔细回想，关于鹿唯的每个细节。她记得鹿唯每次发病，都喜欢把自己藏起来，比如挖一个坑，躲进一个柜子里……

等等，柜子！

她突然灵光一现，头也不回地冲出了宿舍，只剩下她的声音回荡在大厅里。

“去旧校舍！”

邵小野一路狂奔至旧校舍，她甚至忘却了之前对这个诡异校舍的恐惧阴影，动作利落地爬过那破旧不堪的窗户，凭借记忆再次来到了那个地下室入口。

在破旧的楼梯转角处，邵小野远远地看见一道瘦高的身影，耷拉着脑袋蹲坐在阶梯上。

匆忙的脚步渐缓，她慢慢地朝他靠近，生怕惊吓到对方。

“鹿唯？”邵小野压低了嗓音，轻唤。

他抬头，一如记忆中那孤寂无助的模样。丝丝缕缕的光线透过屋顶的间隙筛落在他的脸上，让毫无血色的肌肤泛着朦胧的剔透感。干净得没有一丝杂质的眼瞳则紧紧地锁住对方，生怕只要轻轻一眨眼，眼前的少女便消失不见了般。

他开口，语气凉淡，仿如蓄了一夜的寒气。

“我很生气。”

“嗯？”

“你来晚了。”他朝着邵小野的方向慢慢地伸出手，淡淡的笑容在唇角成型，宛若穿行在阳光下的雪花，转瞬即逝。

“对不起。”

这一刻，邵小野的心是从未有过的平静，她笑笑，毫不犹豫地牵住了他递过来的手，简单地说了句抱歉，仿佛他们之前从没发生过那些不愉快。

天地间似乎只剩下他们两个人，携手前行，共对风雨。

在这一刻，邵小野突然释然了，或许她仍旧不懂要如何应对鹿唯的病情，不懂自己是否要像纪景行所言那样放手，才能让他独当一面。

但……这又有什么关系呢？

也许最终消除隔阂的，不是猜测无数种可能，却迟迟不敢迈出一步的小心思，而是一方愿意伸手，另一方只要毫不犹豫地牵住的信任。

一旦握住，便坚决不放手。

也许纪景行说错了，她不是刻意勉强自己，也不想当谁的英雄，但就是见不得鹿唯那极度珍视而渴望的无辜眼神。

她觉得浮木和小猫咪也许会有第三种可能。

见邵小野和鹿唯两个人手牵着手走出校舍，迟来一步的顾城先是微微一愣，继而悄悄松了口气。只是下一刻，他却又气势汹汹地朝鹿唯走去，抬手就给对方的脑门一个栗暴以示惩戒。

“胡闹也该有个限度。臭小子，真是一刻也不让人省心。”顾城招呼鹿唯先上车，自己则拉住邵小野表示有事要单独和她商量。

打开车门时，鹿唯看到车上装着邵小野和自己两个人的行李，一丝笑意掩饰不住地爬上了嘴角：他就知道，邵小野不会就这样丢下他一个人的。

他将邵小野的背包视若珍宝般紧抱在怀里，一张机票却从拉链缝隙之中跌落出来，静静地躺在座椅上。

视线无意扫过，停滞。

原本稍有些回暖的神情蓦地一凛，无辜的机票被他攥得皱巴巴的，可这也无法宣泄他心中的怒火，原来她今天根本没打算和他一起去，她甚至没告诉自己她要离开！那她还来找自己做什么？鹿唯转身欲打开车门和邵小野对质，却意外听到他们的对话……

确认鹿唯安全后，顾城便和汤菲儿联系，让她先行出发去拍摄现场。处理好一切，顾城这才重新正视眼前的邵小野，他收敛起往日的嬉皮笑脸，语气是难得的严肃：“现在，需要你做个选择了。本来随行的小编辑刚才在找鹿唯的时候，不小心扭伤了脚，不能一同前往拍摄现场了。所以……”

“你想让我代替小编陪同鹿唯一起去？”她挑眉，隐约觉得这个意外有些巧合。

“这件事，没有人比你更合适，我知道因为上次的签售会和纪景行的关系，你想尽量避嫌，可是……”顾城先是有些犹疑，下一秒却话锋一转，“当然，这件事也不勉强，如果你实在不愿意，我另外再安排编辑过去接洽。”

扶住车门的手在听到这一番对话时先是微微一顿，最后似突然失去斗志一般，缓缓地滑落了下去，

“开车吧。”邵小野没有正面回应他，反而朝顾城爽快一笑，率先走向轿车，一旦释怀，她做事向来雷厉风行，不喜拖泥带水。她清楚，鹿唯从来不是她的义务，但此时，她绝对做不到就此放任不管。

两个人进入车内的时候，鹿唯已经倚靠在座位上沉沉地睡去。

看来，他真的累坏了。邵小野拿起车上的一张薄毯轻轻地盖在鹿唯的身上，如是想。

车子稳稳地前进着，邵小野看了会儿车窗外的风景，又一次将视线偷偷落到了身边的人身上，他的长睫如同两排齐整的羽毛，眼睑处的暗影和淡青的眼圈交融，显着昨日一夜未眠的疲惫。

邵小野觉得有些心疼，他昨天一整晚都在等她吗？

鹿唯突然笨拙地翻了个身子，邵小野生怕被抓个现行，俏脸一红，慌张地将注意力转移到手机上，假装刷着朋友圈。

滑到一则朋友发布的动态时，她先是狐疑地“咦”了一声，继而了然一笑，抬头揶揄前方开车的顾城：“你口中的那个小编辑貌似逛商场逛得挺开心的。看来您这位主编大人发的红包挺丰厚的嘛……”

顾城尴尬一笑，没想到这么快就被识破，只得老实招认：“没办法，鹿唯在这种关键时刻掉链子，我也有些慌神，就联系了邵社长，然后从他口中听到了关于鹿唯的一些事……所以为了鹿唯的安全，也为了漫画家麓微的个人隐私不被曝光，还得由你来保驾护航才放心。”

2

这小子要是突然病发，他也不知道要怎么应对。仔细想想，鹿唯哪一次出事，不都是小野出现，才最终化险为夷的？就拿这次失踪，要不是他家少爷，估计他就只能求助警察叔叔了。

见顾城如此诚恳地道歉和解释，邵小野也不好说什么。这件事确实没有谁强迫谁，不可否认，让鹿唯独自前往拍摄片场做专访，她确实有些放心不下。

长途漫漫，顾城透过后视镜见鹿唯陷入香甜的沉睡中，丝毫没有清醒的迹象。这才卸下警惕，犹豫着开口：“少爷，对于鹿唯的病我很同情。但是……我希望你……那个……就是……尽量别……掺杂……太多私人情感在里面……”

向来巧舌如簧的顾城，竟在此刻磕巴了起来，他很想理智地给邵小野分析如今的状况，却无奈怎么也无法组织好语言，最后只剩一声叹息作为结尾：“总之，纪景行他人挺好的。”

虽然有些牛头不对马嘴，但多年的兄妹默契，邵小野一下子就明白了顾城话里的含义，估计他误会自己在纪景行和鹿唯两个人之间摇摆不定。

“顾大哥，我知道你想说什么，你放心，我和鹿唯之间没你想的那么复杂。”

“纪景行也是。”她在心中默默地补上一句。

车子继续平稳地前进着，邵小野和顾城两个人仍旧有一搭没一搭地聊着，谁也不曾注意在车上熟睡的男生在听到这一系列对话后，修长的五指悄悄地紧握成拳，轻轻颤抖着。

此时另一边，在前往美国洛杉矶的航班上，原本想给邵小野一个惊喜的纪景行直到飞机即将起飞，都没能如愿等到对方的倩影。

最后，纪景行从汤菲儿那儿得知，邵小野最终还是选择和鹿唯一起前往剧组。

他久久地盯着手机上的信息没有动作，俊雅至极的脸在凉薄的灯光下有些阴晴难测，最后薄唇竟勾出一抹笑意，只是这笑意不见温暖，反而让人有些寒意。

他先是拨通了一个电话，几通嘟嘟的连线声后，一道清丽的女音从电话那头传来：“喂，你考虑得怎么样了？”

“她还是过去了，照之前的计划进行吧。”纪景行一副低眉顺目的模样，长睫盖住他深邃的眼眸，让人猜不透他此刻的所思所想。

电话那头的女声不禁发出一声笃定的冷哼：“果然。她还是让你失望了啊。”

“失望？”他反复咀嚼着对方话中的含义，目光毫无一丝波澜地落在手中的纸袋上，“除了我自己，我不曾对任何人抱有过期望。”

他挂掉电话没多久，乘务员便来到了他的身边，提醒他飞机即将起飞，希望他能够配合关闭手机电源。

“好，能麻烦你帮我把经济舱的座位升为头等舱吗？”纪景行抬头，深邃的眼眸看似无公害地微微弯成月牙状，温文尔雅的浅笑毫无一丝破绽，只是周身散发出的森冷气息令人微微却步。

“对了，这个给你了。”

纪景行起身，似乎想起了什么，将手中一包热腾腾的板栗递给了刚才的空姐。说完，他便头也不回地朝头等舱走去。

经过三个多小时的车程，最后又搭乘每天只有一班往返的邮轮，顾城、邵小野和鹿唯三个人终于一路颠簸地到达了一座美丽的小岛上。

这座小岛一面临山，三面环海，不但风景秀美，还能自给自足。如今分明是严寒的冬季，这里却温暖宜人，除了清晨和夜晚的温差偏大，全天的温度几乎都保持在20℃左右。

绵延起伏的黄金沙滩，陡峭临海的洞穴，碧清透明如绿色绸带的湖泊，火山特有的神秘黑色沙地，简直是完美的偶像剧拍摄胜地。

临近海边的地段错落着一群色彩不一却让人眼前一亮的复式小楼房。深吸一口混合着鲜咸海水味和青草香的空气，整个身体好似彻底放松下来，雨花石铺垫的地面细腻润滑，可以让你毫无顾忌地脱去鞋子奔跑，这里的房子高低不平，有些邻居在屋顶开辟自己独特的小花园，于是，色彩缤纷的花朵便惊艳地盛开在你的头顶，不远处纯白可爱的小教堂敲着欢乐的钟声，正祝福着一对新人甜蜜的开始……

因为路上的耽搁，邵小野几人来到拍摄地的时候，已经临近太阳落山，今日的拍摄任务已然结束，工作人员早早收工回去，于是顾城只得领着邵小野和鹿唯两个人匆匆拜访了汤导演和制片人，并没能和几位主要演员碰到面。

制片人姓曹，看来颇为精明世故，在业界也小有名气，也许是他大多数拉成的投资都是在酒桌上完成的，身材便也不断地朝横向发展。

曹制片似乎对鹿唯产生了极大的兴趣，兴致勃勃地表示晚上要给他们接风。顾城知晓鹿唯并不喜欢这些应酬，于是以几人整日奔波为由，婉拒了制片人的热情邀请。

曹制片也干脆，直接驱车载着他们去了下榻的酒店休息。鹿唯自从醒来后就有些阴阳怪气的，邵小野几次尝试着和他搭话，他都假装听不到，最后干脆闭上眼假寐。直到鹿唯进入房间，邵小野都没能和他好好说上一句话。

夜里，鹿唯翻来覆去怎么也睡不着，思绪一直被邵小野和顾城的对话拉扯着，所以，她到底是什么时候知道自己的病的?

还是……她一开始就知晓，所以才会那样殷勤地示好？无论自己如何抗拒，她都无所畏惧地朝自己走近。仅仅是因为同情，还是另有目的?

而他呢?

竟天真地以为可以借专访的机会见到邵小野，兴致勃勃地为见到她做着各种准备，练习着见面之后该怎么打招呼，甚至是穿什么样的衣服。

直到昨日临出发，他才知晓原来邵小野根本就不会出现在片场。理智无数次警告自己死心，最后却还是忍不住跑到他们曾一起住过的学生公寓里等了她一夜。

他坚信，无论自己到哪儿，邵小野都会来找他，就像过去他无数次地无理取闹惹她生气，最后她还是会妥协，回到他的身边。

她果然找到他了，看到邵小野出现的那一瞬，他真是太开心了，他以为自己赌赢了，而那张前往美国的机票却彻底击碎了他心底那好不容易建立起来的信任。

一想到自己那简直可笑的天真，就宛如有一只手紧紧攥住他的心脏，让他痛得根本喘不上气来。下一秒，他逼迫自己的理智回归，不能就这么被悲愤掩埋，如果让这份消极情绪持续发酵的话，心里的那只怪物就会伺机而动，将他拉进万劫不复的深渊之中。

于是他穿上外套，走出酒店大门，只身朝海边走去，想要借此来缓解抑郁的心情。

夜里的海，漆黑一片，只能隐约听到呼啸的海风和一波接着一波的浪花声，大海的辽阔让他浑然忘我，在大自然面前，自己竟是如此渺小。

“嘿，清醒点！”这时，鹿唯突然被拽了一下，他神游的理智急速回归。

他低头望向身边娇小的陌生女孩，对方正紧紧地拉着自己胳膊。鹿唯眉峰一蹙，下意识地想要避开对方的肢体接触。

“喂！你要想不开也千万别选这里。”

听女生这么一提醒，鹿唯这才发现自己竟然不知不觉间走到了海水深处，如今海水已然没过自己的膝盖。

他有些尴尬，挣脱开女生的手，低头默默地往回走。

3

“喂，我知道可以治疗失恋的魔法，你想不想试试看？”女孩将双手圈在嘴边在后面喊道。

脚下微微一顿，鹿唯回头看向少女，已有几分心动，眼底却残存着纠结：“谁告诉你我失恋了？”

“一般去海边自杀的多半都是因为失恋想不开的。”少女分外笃定地说。

“我没有想不开，我……只是走神了而已。”鹿唯的眼底已含有些许愠怒。

少女无所谓地摆了摆手，见他停下来同自己说话，便往前走了几步靠近他。

她伸出一只手，摊开的掌心处静静躺着一颗糖果。

鹿唯盯着少女手中的糖果迟迟没有动作，而是面露狐疑：“这个就是你说的魔法？”

“是啊，相信我，吃了它你就会忘记一切痛苦。”

鹿唯觉得少女说话的套路像极了漫画中腹黑女二号引诱女主角走向歧路的台词，他转身便走，不想再理会眼前这个疯丫头。

“喂喂，我的话还没说完，你怎么就这么走了？很没礼貌啊！”女生在后面亦步亦趋地跟着他，手中的糖果仍旧不死心地举在他面前，没有要收回的意思。

“喂，难道你心里就没有一个想忘记，却怎么也忘不了，连梦里都会遇到的人？”女孩灵气逼人的大眼睛忽闪着，循循善诱道。

“而这种想念让你痛苦不堪又欲罢不能？”她紧蹙两根清秀的眉毛，似乎在努力地搜寻着脑海中某些影视剧的经典台词。

脚步减缓，身子却绷直得像一根弦，鹿唯不敢回头，只能木然地向前走，生怕只要稍有后悔的心思，便会万劫不复。

“失恋并不可怕，可怕的是这个过程让你痛苦。明明遇到了一个惊艳了你整个时光的人，却在某一刻赫然醒悟，自己成了被抛弃的那一个，真是可怜又可悲啊……”

少女摇头晃脑，俨然一副情感专家的姿态，她的话还没说完，鹿唯已经转身回头，一把夺过了她手中的糖果。

“告诉你，我没有失恋。”他再次强调了自己的立场。

胡乱拆开包装纸，仰头，鹿唯一下子便将糖果丢进了嘴内。

“然后，我吃掉它，只是因为你真的很烦人，没别的意思。”

咀嚼的力度很大，带着几分宣泄的怒意，然而下一刻他的脸瞬间就变了色。

糖果外层包着一层巧克力酱，入口即化，只是糖心处却裹着厚厚的芥末，蹿进鼻腔的呛辣感，顷刻便让鹿唯眼眶泛红，涕泪横流。

这根本就不是什么魔法糖果，而是魔鬼糖果吧？鹿唯眼里泛着泪水，狠狠地想。

“辣吗？那你要好好记住这种感觉，下回你再失恋，痛苦得要死要活的时候，就吃这个呛辣糖果，一瞬间就能让你忘记所有啦。”她说完，从身后适时地拿出一罐冰饮递给他。

少女说的话其实不无道理，这样刺激味蕾的呛辣，根本让他无暇思考其他。不仅麻痹了鹿唯的舌头，更是封印了他拒人于千里之外的孤僻性子，他想也不想地夺过少女手中的饮料，仰头喝了好几口才勉强缓解了口中的呛辣感。

“你……”嘴巴得到些许缓解，他正要兴师问罪，却觉得一股晕眩直冲向脑门，一阵天旋地转，鹿唯身形微微晃了晃，在少女的搀扶下勉强稳住了平衡。

“这个……是啤酒！”鹿唯摇晃了下脑袋，舌头有些打结。

少女却毫不在意地拍了拍他的肩膀：“都是成年人，借酒浇愁很正常，你要不要再来点？喝了酒，保证让你忘记一切忧愁，一觉到天明。”

少女怂恿地指了指不远处的一堆啤酒，只是没想到，鹿唯仅喝了几口啤酒，便双腿一软，彻底瘫倒在沙滩上。

少女双手环胸俯视倒在地上一脸醉意的鹿唯，古灵精怪的娇憨神态骤然消失，目光竟露出些许看尽世态炎凉的怜惜：“啧啧啧，想不到酒量这么浅，真是高估你了。”

今夜，除了鹿唯失眠外，邵小野也没能安稳入睡，她对鹿唯突然拒人于千里之外的冷淡态度百思不得其解，明明在旧校舍两个人已经和好如初，怎么一觉睡醒，瞬间翻脸不认人了？

简直比女生还善变。

邵小野讪讪地想着，好不容易才有了一丝睡意，外面却传来了杂乱的脚步声。

“哎呀，你好重啊！能不能好好走路啊？”

“哎哟喂，这里不是你房间，你别乱闯啊。”

“我的天，你的口袋里到底有多少根画笔啊？等等，你不要在墙上画画啦！”

在女生的抱怨声中，竟还夹杂着另一道熟悉的低沉声线。

等等……这咕哝的嗓音分明就是……鹿唯！

邵小野一个激灵坐了起来，急忙打开房门，发现鹿唯正一脸醉醺醺地踉跄着脚步，身旁一位陌生的女孩正搀扶着他朝这边走来。

邵小野上前为女孩搭了把手，两个人一同将鹿唯送回了房间。

因为担心鹿唯日常作息不稳定，邵小野特意向前台多要了一张他房间的备用房卡，想不到这么快就派上了用场。

两人合力才将酒醉的鹿唯放在床上，而一沾上柔软床铺的鹿唯，下意识地环抱住膝盖，蜷缩在一角，沉沉地睡了过去。

少女做了几个拉伸的动作，捶打了下稍感酸痛的四肢，瞧见鹿唯略显稚气的睡姿，有些忍俊不禁："虽然酒量不佳，酒品还算不错，也不折腾人。"

她下意识地望了眼墙上的电子时钟，便向邵小野告辞："不早了，那我先走了。"

"真是麻烦你了。"邵小野也明白不好叨扰对方，便满怀歉意地将女生送出了门口。

"对了，忘了介绍。我叫曲旎薇。"

门口处，少女似乎想起什么，停下脚步，回头朝她妩媚一笑。

她率先伸出手，嘴角上扬，露出一排整洁的白牙，邵小野微微愣了愣神，她记得这个名字，原来，她就是这次电影的女主角。

邵小野顿觉有些失礼，赶忙握住她的手："您好，我是邵小野，目前是麓微老师的责任编辑，请多多指教。"

"我知道。"

少女的回答让邵小野略感诧异，她竟然认识自己？

难道是汤菲儿或者那个曹制片事先和曲旎薇打过招呼了？

邵小野正想发问，可曲旎薇似乎不打算多说，便冲她潇洒地挥了挥手，头也不回地离开了。

邵小野回头望了眼熟睡中的鹿唯，估摸他今晚应该不会再折腾出什么麻烦，因此轻关上门，回到了自己的房间。

4

昨日还是晴空万里的好天气，今天也和鹿唯一样变了脸，开始淅淅沥沥地下起雨来，因为这场雨，汤导演临时决定先拍摄室内的戏份。好在室内摄影棚的地点离租住的酒店并不太远，于是除了演员和搬运设备仪器的工作人员外，其他人都选择步行前往。

邵小野怕鹿唯宿醉未醒，因此提前和汤菲儿告了假，表示一会儿晚点同他们会合。谁知等她去叫鹿唯的时候，才发现鹿唯根本就不在房间内。她以为鹿唯又玩失踪，于是冒雨将酒店里里外外搜索了个遍，幸亏遇到了一位同样迟到的小编剧，这才得知鹿唯竟然一早便同曲旎薇他们去了拍摄现场。

当邵小野顶着一头湿漉漉的头发出现在摄影棚内，却赫然发现室内一片狼藉，灯光架子横七竖八地倒了一地，有不少已经折断成两截，遍地都是玻璃碴子，堪比台风过境。

本来井然有序的拍摄现场，此时已乱成了一锅粥，场务指挥着相关的工作人员帮忙打扫，曹制片和汤导演两个人在不远处交头接耳，不知在说些什么，两个人不时皱着眉头，似乎遇到了不小的难题。

邵小野生怕鹿唯因此出什么意外，四处打听他的踪迹，当她心急如焚地推开女主角曲旎薇休息室的大门时，鹿唯正被一群女生围住，有说有笑，气氛融洽。

“为什么你的笔名要叫麓微啊？听起来真的很像女生。”

“听说你画画很好，能不能给我画张自画像呀？”

“我有看你的漫画，能不能给我签个名？在我的锁骨处可以吗？顺便加颗爱心上去。”

“仔细看，你的五官真的很精致啊，我觉得娱乐圈里最热门的偶像都没有你长得好看！”

“是啊，我以为漫画家都是实力派啊，没想到还有这么好看的，感觉随时都可以出道了啊。”

女生们一脸花痴地看着鹿唯，仿佛对方只要给予一个微笑，便似春风拂过，心中千树花开，整颗心都会酥软了吧。

“咳咳，好了，你们都别为难鹿唯老师啦。”

化好妆的曲旎薇率先挡在鹿唯的身前，嘴角含笑，语气如沐春风般自然亲切，分量却俨然不轻，女生们一听主角下令全都乖乖散开，即便有几名女生依旧依依不舍，也被其他的女生拉走，各自忙碌去了。

见大家离去，鹿唯紧握成拳的手才微微松开，额头处已沁出一层细密的薄汗。为了和邵小野赌气，他竟稀里糊涂地听从曲旎薇的怂恿，同她一起前往拍摄现场。然而，从踏入拍摄地开始，他就被一群女生蜂拥围住，叽叽喳喳的声音吵得他头痛欲裂，如今，他每一根头发丝都刻满了懊悔。

曲旋薇转身小心地打量着鹿唯，清亮的眼里盛满浓浓的关怀：“你还好吗？”说话间，伸手递给他一张手帕。鹿唯没有动作，眼含警惕，并不打算接受对方无端的示好。

“小野编辑说你比较喜静，可能还不太习惯太过嬉闹的氛围，所以让我多加照看些。”曲旋薇了然一笑，自然地收回手帕，不甚在意地道。

鹿唯先是一愣，嘴角随即勾起一抹自嘲的笑，想不到邵小野和这女生刚认识就交好到这种程度，连这些都告诉了对方？

她是有多看不起自己的生活能力？是不是想要宣告天下：他有病，是个没用的废物！

“不用，你顾好自己吧。”鹿唯并不打算领情，甩袖正打算要离开时却恰好撞见了戳在门口已经好一会儿的邵小野。

“小野，你来啦？怎么站在门口不进去呢？”后赶到的汤菲儿见到呆立在门口出神的邵小野，有些不明所以，忍不住开口问道。

邵小野被这突兀的声音吓了一跳，一时间不知如何回答，所幸汤菲儿也不在意，推搡着她进了休息室，正撞上本欲离开的鹿唯，两个人的视线在空中交汇片刻却又各怀心思地默契错开，只是避开对方视线的动作太过刻意，曲旋薇眉峰一挑，将这一切看在眼底。

幸而这时，汤菲儿率先打破了这微妙的尴尬。

“忘了介绍，我身边这位就是这部影片的总编剧，而这位就是麓微老师——《触不到的你》的原著作者，而他身边的，则是麓微老师的责编，邵小野。”汤菲儿开口正式为大家引见。

编剧姓赵，是个戴着眼镜看起来还算可亲的中年胖子，听到是原著漫画家亲临，赶忙伸出手，以示友好：“您好，您好，久仰大名啊。”

然而，鹿唯只是盯着眼前胖乎乎的手，却没有下一步的动作，幸而邵小野反应机敏，代替他握住了对方的手，客气回应：“您好，在影视剧方面，我们家麓微还是个新人，还请赵编剧多多指教。”

这次拍摄的是麓微早期大热的一部短篇漫画故事，叫作《触不到的你》，讲述的是原本一心想当漫画家的少女小圆，最后却成为一名碌碌无为的平面设计师。在一次机缘巧合下遇到了一名本应存在于小说世界里的男生林于淮的故事。

男主林于淮并不是现实中的人物，而是小圆在无意间看到的一本名为《倾世之恋》的言情小说中的男二号。而在小说中林于淮的设定是一名赚足读者眼泪的悲剧角色，虽然他温文尔雅、学识渊博、长相俊逸，但存在于小说的每一个字、每一句话都只是为了小说中的女主无私奉献。甚至于最后一刻还替女主挡下刀枪，壮烈死去。

可就在最后一幕，林于淮本该为女主挡枪的时候，他却意外听到一道天外之音，不仅可怜他悲惨的一生，甚至忍不住发出了质疑：“你的自身条件那么好，没必要为了那个不爱你的女孩，付出一切吧。我要是你，就应该去追求自己的幸福。”

陡然听到这天外之音，让林于淮忍不住思考自己的一生，赫然发现他确实没有一个真正爱上女主的理由，显然作为这本小说的创作者也并不打算给予合理的解释。

发现这一连串的不合理后，林于淮渐渐发现自己的世界出现了各种漏洞，而借助这些漏洞，他竟从小说来到了现实世界中，并阴错阳差遇到了女主小圆。

至于这次的拍摄，汤导演决定冒一次险，就是这部影片并没有找任何一名男演员来饰演片中的男一号林于淮，而是全程以二维的形象示人，也就是说，曲旎薇在拍摄过程中都是无实物表演的。在后期，才会将漫画人物和实景影片结合渲染出成片，达到真正的“恋上虚拟男友”的效果。

这不仅考验演员的演技，在拍摄和制作上也增加了不少难度，但汤导演认为虚拟和现实的强烈碰撞，一定会引领一波新的观剧潮流，也能引爆不少热点，于是力排众议，坚持以这种方式呈现。

而作为原著作者的鹿唯参与拍摄和讨论，不仅能够让剧本更加锦上添花，也能让观众和读者多一层期待，因为电影是漫画改编的，因此后期的花絮也希望以动画宣传预告片和条漫的方式展现。

说实话，汤导演能想出这么多的花样来，也能看出他对这部电影的用心和不小的野心。

但是，本来好好的拍摄仪器突然被破坏，导致拍摄不得不临时中断，因此几人只得先待在休息室内，讨论关于后期纪实漫画的实际操作和内容。

几人讨论到中午，执行导演跑来通知，因为一些道具和设备遭到破坏，而重新购买也需要一些时间，今天只得暂停拍摄。让大伙提前回酒店休息，明后天可能会前往另一处拍摄地，先从后面几集开始拍摄，尽可能赶回拍摄进度。

无奈下，一行人只得先行回酒店。

“你会不会觉得今天这件事很诡异呀？明明器材一早就摆设好，就在大家去吃饭的空当就被刮倒在地，虽然汤导演说是过堂风造成的，但这得多大的风才能办到呀？而且外面还下着雨，要是因为风刮进来，里面的器材怎么没有一点潮湿？”

路上，汤菲儿忍不住八卦起了早上发生的事情，她分析得头头是道，直听得人疑窦丛生。

# *Chapter 3*

# 片场的意外事件

1

“你的意思是，这件事是人为的可能性比较大？”邵小野狐疑地问。

“如果是有人故意捣乱的话，那就更奇怪了，这部电影拍摄也有一段日子了，之前都挺顺利的，为什么偏偏今天就出事了？”站在汤菲儿身边的小女生，也忍不住开了口。

她的声音很轻，若不是大伙走在一块，很可能随时被雨声给打散飘走。

邵小野看着眼前这个怯懦的小女生，记起她就是今早给自己指路的编剧助理，好像叫夏凉。

她留着乌黑的及耳短发，小巧的五官给人感觉清爽又白净，无辜的双眼盛满了不自信，却让人忍不住想要保护。

她的话让邵小野有些在意，如果真是人为的，那么最近新来的一批人嫌疑最大，可新来的人里，除了汤菲儿就只有她、顾城以及鹿唯了，这部电影是汤菲儿家的公司投资制作的，她不可能有问题，那么……

邵小野陷入沉思，目光愣愣地停留在了夏凉身上，夏凉先是微微一惊，误以为自己的话引起了邵小野的不满，下意识地想往汤菲儿的身后缩，尽量隐藏自己。然而又实在退无可退，只得向邵小野报以羞涩的微笑，以示友好。

邵小野这样赤裸裸的目光，自然也引起了汤菲儿的注意。

“小野，你认识夏凉？”汤菲儿问。

“哦，没有，没有。只是长得很像我一个朋友而已。”

邵小野这才意识到自己探究的目光，确实有些不礼貌，只得随便找了个理由敷衍过去，但是她从早上第一眼看见这个女孩开始，她便觉得这个编剧助理貌似在哪里见过。

“是吗？夏凉也是我们漫画社的一员，她可是麓微老师的头号粉丝哦，麓微画的每个角色和场景她只要看一眼就能原封不动地临摹下来，现在她的画工也越来越好，而且有时候，我都辨认不出哪些是麓微老师画的，哪些是我们小夏凉画的，简直可以以假乱真了。”

汤菲儿继续喋喋不休地赞美着自己身边的女生，原本在邵小野身边走着的鹿唯听到这一席话，下意识地蹙起眉尖，加快速度，同她们三个女生渐渐拉开距离。

夏凉最先注意到鹿唯的举动，难免忧心忡忡：“邵老师，麓微老师是不是讨厌我？”

邵小野被她这么一称呼显然有些不自在：“‘老师’这个名号我还担当不起，你千万别这么称呼我，我和你们的年纪一般大，叫我名字就好了。你也别太在意，这家伙的性格本来就这样。”

刚安慰完夏凉，汤菲儿似乎想起什么，再次将夏凉推到了邵小野的身边。

“你最近不是创作了个新的漫画故事吗？刚好可以趁这个时候请教下麓微老师。”

夏凉先是一喜，继而不太自信地望着眼前的邵小野，声音仍旧怯怯的：“可以吗？”

“可……可以吧。”面对这样殷切的目光，邵小野也只能硬着头皮应承下来。

邵小野和夏凉两个人站在鹿唯的房门前，都有点紧张，邵小野侧首望着身边的夏凉，对方正怀抱着一个文件袋，不住地吞咽口水，无处安放的小手更是下意识地将两边的衣角捋了又捋。邵小野见状，忍不住失笑。

“别紧张，他不会吃人的。”邵小野轻声安慰。

夏凉点了点头这才鼓起勇气，伸出颤抖的小手敲了几下门。

五分钟后，房间内仍旧没有任何回应，夏凉有些慌，眼眶已微微泛红，邵小野则忍不住翻了个白眼：她就知道会是这样的结果。

“鹿唯，我给你一分钟过来开门，不然我就直接用房卡了。”邵小野的方式简单又直接，甚至带着些许威胁的成分。

“我已经睡了。”鹿唯闷闷的声音传了出来。

骗鬼呢！

邵小野翻了个白眼，打算不再理会他的拒绝，直接从口袋中摸出房卡。

见此，夏凉反而有些退却，她伸手拉住了邵小野的胳膊，抱歉地说：“麓微老师也许真的在休息，那我就不打扰了，我下回再来就好。”

“错过这次机会，你永远没有下回的。”邵小野一把抓住想要临阵脱逃的夏凉，言语间有不容置喙的决断。

一个人一旦有了退缩的想法，便失去了勇往直前的胆量。

房卡即将接触到门锁感应器的时候，门意外地开了。

邵小野愣怔地站在门口，手里的房卡正巧贴在鹿唯的身上，头顶传来鹿唯清冷的音调：“你在干吗？”

手还僵在半空中，如果这个时候立马缩回去反而显得自己理亏，于是邵小野脸不红气不喘地开了口。

“嘀！刷卡成功。”话毕，邵小野这才不紧不慢地将房卡放回口袋。

鹿唯眉骨微微一挑，有些莫名地望向邵小野，眼眸清澈一如无际大海。

“大神卡认证完毕。请问麓微大神有没有兴趣看下小粉丝的作品，满足下我等凡人的心愿？”

邵小野胡侃一通，并顺势将身边的夏凉推到了鹿唯的面前，算是完成了自己的任务。

夏凉第一次这般近距离接触麓微，她心跳加速，面色酡红，就连呼吸都掺杂着紧张。她颤颤地将手中的作品递出，嗓音因为激动甚至有一点破音：“这……这是我画……画的，希望……麓……麓微老师，能够看一下，一下就好。”

鹿唯终于将视线从邵小野的身上转移到了眼前的牛皮纸袋，然后再慢悠悠地将目光投注到了惶恐的女孩身上。

时间就这样在无声中缓缓流过，鹿唯似乎没要接过文件袋的打算，夏凉握住纸袋的手越发颤抖起来，可仍旧固执地举在鹿唯的面前。

一阵凉风吹过，邵小野下意识地一阵激灵，没控制住打了个喷嚏。为了找鹿唯，她全身都淋湿了，还没来得及换衣服。

而这一声喷嚏终于唤回鹿唯的神志，他接过纸袋，缓缓打开，轻轻地抽出那沓画稿，他的肌肤白皙，指骨修长，每一个动作在夏凉的眼中都是一幅极富美感而神圣的画面。

而这样的大神正拿着自己的画稿，想想都觉得幸福极了，然而这份幸福还不到半分钟，只见鹿唯刚看了几页稿子，目光却陡然一沉，精致无双的眼瞳在暖橘色的灯光下竟益发觉得清冷。

夏凉似乎也察觉到了气氛的不对，她刚要抬手，却被鹿唯一把挥开。

挥开的动作有些大，连带着手中的画稿也一并拍飞，画稿在空中翻飞，四散落地。夏凉瞬间觉得自己满心的崇拜也在一瞬间被撕成了碎片，不过是空欢喜一场。

邵小野显然也没料到鹿唯会有这样出格的举动，皱眉不满：“鹿唯，你知道你在做什么吗？”

鹿唯其实也没想到会这样，眸子里的震惊一闪而过，其实她只是见夏凉抬起手，以为她想要触碰自己，下意识躲开时反应过于激烈，连同画稿一并甩了出去。

面对邵小野的愤愤不平，他本想弯腰捡起画稿的手，却在目光触到画稿时停了下来。心中刚升起的一丝不忍顷刻间化为乌有，他没有解释原因，反而冷漠应答：“她不是让我看一下吗？现在看完了。”

2

说着，他就要把门关起来，邵小野气恼不已，一把按住了房门，制止了对方关门的动作。

“喂，你就算再不喜欢，也不能糟蹋别人的作品啊！”

他自己也是创作者，应该更能理解这一点才对，而鹿唯现在的举动让她忍不住怀疑，是不是现在积累的人气和荣耀让他忘了当初创作的初心。

“这不是作品，是垃圾！”鹿唯也不甘示弱，言简意赅地阐明了自己的看法。

“喂，你……”

“够了，我明白了。”

邵小野还想争辩，夏凉却在这个时候打断了他们，她低着头，厚重的刘海遮住了大半的容颜，她没有辩解，默默地捡起自己的画稿，邵小野见状，也急忙蹲下想要帮忙收拾。

而刚换好衣服的曲旎薇恰恰在这个时候出现，她淡淡地瞄了一眼蹲在地上的两个人，脸上闪过一丝好奇，但很快恢复平静，抬眼询问：“等很久了吗？”

显然，这句话是对鹿唯说的。

邵小野一时愣住，下意识地抬头看着眼前的曲旎薇和鹿唯。

鹿唯没有回答她，似乎在思考她话中的深意。

“可以走了。”不待鹿唯反应，曲旎薇先一步动作，自然地勾起鹿唯的手臂。

鹿唯下意识地望了眼邵小野，她装作毫不在意，只是低头捡起不远处的文件袋，陪同夏凉一起收拾残局。

没有得到邵小野的回应，鹿唯亦步亦趋地跟着曲旎薇朝电梯口走去，在等待电梯的过程中，他这才回味出曲旎薇刚才说的这两句话的真正含义。

“我没答应过你！”鹿唯暗恼。

曲旎薇勾唇妩媚一笑：“你现在不是答应了吗？”

原来，先一步回到酒店的鹿唯，在房间门口遇到了曲旎薇，她邀请鹿唯一会儿陪她逛街看电影，而鹿唯自然没打算理会她，径直越过她进了房间，并且非常干脆地关上了房门，算是间接给了她答案。然而，曲旎薇因为这场误会，成功带走了鹿唯。

房门前，收拾完满地画稿的夏凉终于默默地站了起来，邵小野想要开口安慰她，却不知要怎么说出口。

“对不起。”夏凉朝鹿唯的门口深深地鞠了一躬，生硬地开口，“谢谢麓微老师的指导。”

话音刚落，她便起身跑回自己房间。

看起来胆小又怯懦的夏凉，在这场变故中，表现得异常冷静，竟连一滴眼泪都不曾落下。这多少让邵小野有些意外。

她望向刚才鹿唯和曲旎薇离开的方向，心中似乎做了什么决定，她大步一跨，追了过去。

外面淅淅沥沥地下着蒙蒙细雨，路上三三两两的行人都行色匆匆，丝毫没在意在雨中漫步的一对丽人。出了酒店大门没多远，邵小野一眼便瞧见了不远处的鹿唯和曲旎薇，她刚想要追上他们，却被一只手猛地拽住了胳膊，直扯得邵小野一个趔趄，差点跌倒。

“喂！”恼怒的邵小野却在看清对方面孔时，微微一怔，“纪迦川？”

纪迦川是纪景行的堂弟，仗着富裕的家境，平时嚣张跋扈，只有纪景行拿得住他，之前和邵小野在伯莱恩学院有过一面之缘，不过并不是太愉快的记忆。

“你在这里干什么？”邵小野警惕地盯着对方，她可没忘记两个人之前的“一脚之仇”。

纪迦川并不打算回答她的问题，目光追随着不远处的鹿唯和曲旎薇，看到他们转身进了一家电影院，他竟二话不说地拉着邵小野，也跟进了电影院内。

甫进入电影院，邵小野便用力地甩开了纪迦川的手，面露不悦：“喂，你是不是又想耍什么花样？”

“耍花样？”纪迦川微微一愣，大脑回忆了好一会儿，这才恍然想起两个人之间的恩怨。要不是景行哥耳提面命让他不要再找邵小野的麻烦，以她之前的所作所为，早就不知道被他打击报复几回了。

“喂，我……我主要是看你耍什么花招的。”纪迦川思考了片刻，好不容易才找了个还算靠谱的理由搪塞过去。

“什么意思？”邵小野皱眉疑惑。

“你明明已经是我哥的正牌女友了，现在居然兴冲冲地跑来这里，当那个阴阳怪气的家伙的编辑？”

邵小野恍然大悟：“所以，你就为了这个一路跟踪我到这儿？”

“本大爷才不屑跟踪你，只是……只是……顺便帮我哥监督下你，以免做出玷污我们纪家声誉的事。”他脸上那志得意满的表情让人觉得很是欠揍，至少在邵小野的眼里是这样的。

“我跟你哥的关系根本就不是你想的那样……”邵小野被纪迦川这种“吃饱了撑着

的正义”气得不行，她正想将真相脱口而出，却被另一道淡漠清冷的嗓音打断。

“你们在这干什么？”

不知什么时候出现在他们身后的鹿唯，正居高临下地凝睇着邵小野他们，清冷的容颜布满阴霾。

“我们干什么都不关你的事，对吧，嫂子？”

见到鹿唯，纪迦川更觉恼火，他故意挑衅地胳膊一伸，分外亲密地揽住了邵小野的肩膀。

好在邵小野的动作更快，肩膀利落一缩，身子微微一侧，纪迦川扑了个空，邵小野趁机和对方撇清界限。

“先说好，不是我们，我更不是你的嫂子，这天都要黑了，你怎么还做起白日梦来了？”

被甩了面子的纪迦川眼看就要燃起怒火，却好像突然看到了什么，就连眼神也变得慌张无措起来。他二话不说，转身匆匆消失在雨幕之中。

此刻，曲旎薇正抱着爆米花朝鹿唯的方向走去，隐约见到一抹熟悉的身影，还没来得及细看，却被一名粉丝拦住了去路。

等她给粉丝签了名，却早已没了对方的踪影，虽然心中有疑，但见鹿唯和邵小野两人表情非同寻常，她脚下微微一转，躲到了靠近他们的自动取票机后。

“所以，你找我？”纪迦川离开后，鹿唯的脸色稍霁，就连淡漠的语气也回温不少。

“刚才在酒店客房前发生的事，我觉得你需要给我个合理的解释。”被纪迦川这么一搅和，邵小野差点儿就忘了正事。

“没有。”鹿唯的语气没有半分犹豫。

“如果没有，那你是不是欠夏凉一句道歉？”

“凭什么？”眉峰一挑，他似乎觉得邵小野的这句话显得十分荒唐可笑。

“这件事本来就是你做得不对……”

她正想控诉，鹿唯却不耐烦地打断了她的话：“我的意思是，你凭什么教训我？你是不是觉得没有你，我连基本的是非都不懂了？”

“我不是这个意思……”

邵小野不知鹿唯为何骤然改变了对她的态度，此刻的他，就像只受伤的刺猬，对任何人都充满了敌意，为了保护自己，不惜伤人伤己。

“你不用跟我解释，无所谓了。”鹿唯不耐烦地挥了挥手，他转身想走，邵小野却挡在他的面前，向来自带笑意的眉眼，此刻却毫无一丝暖色。

她清楚这个地方不是说话的好地点，只是最近鹿唯的举动太反常，让她莫名地有些恼火，也忍不住较了真。

“鹿唯，你最近怎么了？是不是哪里不舒服了？”邵小野见他脸色不太好看，下意识地伸手想要探探对方额头的温度，却被他大力地握住了手腕。

“唯一让我不舒服的人，是你！”最终，他还是爆发了。

“我？”她愕然。

3

“你是什么时候知道我的病？”他的质问一针见血，剔透的瞳孔中清晰地映着她由错愕到震惊的表情。

她稍作联想：之前反常的行为全都有了合理的解释，看来那次在车上，她和顾城两个人的对话应该被他一字不漏地听了去。

复杂的神情令鹿唯的心陡然一沉：“还是……你一开始就知道？”

“不是的，不是的。一开始我真的不知道，只是你几次发病时我刚好都在场，旧校舍的时候，还有摩天轮的那次，我原本只是怀疑，直到在伯莱恩学院你掉进水里，我才猜测你可能患有科塔尔综合征。”

听到病症的名字，鹿唯只觉牙关一紧，最终疲惫地闭上了眼：“够了，你走吧！”

啧……竟然连他生的是什么病都这般清楚，看来他的秘密早就暴露无遗……

仔细想来，邵小野对他的肝胆相照，对他的尽心照顾，竟都带着怜悯的外壳，藏着虚伪的圣人之心。心理的障碍从来不是他心中最痛彻心扉的弱点，只是别人目光中的同情，让他无法忍受。

“什么意思？难道知道了你的病，就不能和你做朋友了吗？”对于鹿唯这样冷然的拒绝，邵小野觉得不甘，更觉得委屈。

为何他要这般在意这件事？在她眼里，这算不了什么啊！

“是！不能了。”鹿唯的言语间有着不容置喙的决绝。

“鹿唯，你怎么可以这么轻易就否决一切？”邵小野再也忍受不住一味地忍让，语气变得强硬。

“对，我就是这样的人！”而他，似乎是彻底豁出去了。

“你们两个在聊什么啊？这么激动……”一道软绵的嗓音适时扑灭了两个人之间的火药味。曲旋薇抱着一桶爆米花无辜地望着眼前的两人。

她在取票机后听得差不多了，于是“恰到好处”地出现，打断了两个人的争吵。

“小野编辑对麓微老师真是负责，一刻都不放心呢。”曲旎薇嘴角含笑，轻飘飘的一句话却成功地刺激到了鹿唯。他不留情面地对邵小野下了驱逐令：“我不是你的病人，不需要你四处泛滥的同情心，你走吧。”

“病人”两个字，他故意加重了语气。

“走就走！”这次邵小野被成功激怒了，头也不回地朝大门口而去，没有一丝犹豫。

直至邵小野的身影彻底消失在视线之中，鹿唯这才缓缓开口，语气中尽显疲惫：“我想吃辣，很辣很辣的那种。”

曲旎薇眼珠子滴溜一转，立刻明白对方话中的含义，热络地提议道：“我知道这附近有一家麻辣火锅店，变态辣的那种！”

邵小野回到酒店，便直奔自己的房间，不想在门口撞见了准备跟她辞行的顾城，顾城见邵小野二话不说就开始收拾行李，细问下才晓得刚才发生的事情。

只是听完缘由的顾城却并没有像邵小野那般愤慨不平，他坐在邵小野的身边，柔声安抚着她的情绪。

“没什么好气的，你又不是第一次遇到这种情况。我问你，从认识鹿唯到现在，被他赶出家门，被他拒绝的次数还少吗？”

“我……”邵小野想要反驳，却一时哑然，最终只得泄气地耷拉着脑袋，不再言语。

顾城说得对，一直以来都是她自己主动靠近鹿唯，过去无论他怎样冷嘲热讽，她都能够坦然面对，甚至厚着脸皮继续待在他身边，怎么现在随便一句话，就被激得退缩了？

为什么以前都能忍得了，现在就无法忍受了？

“他觉得我是在同情他！”邵小野忍不住抱怨。

“说实话，那次在车上，我说话也有些冒失，我道歉。但你扪心自问，当你知晓鹿唯的病时，你真的没有同情过吗？”

“我……”邵小野很想矢口否认，却怎么也说不出口，她想起第一次遇见鹿唯的情景，想起他们的争执，知晓鹿唯的病症后，她无数次地打破常规维护对方……

对于邵小野的沉默，顾城只是淡淡一笑，大掌一伸，朝邵小野的发顶心揉去，仿佛她仍旧年幼。

“你应该知道漫画家是一个非常寂寞的职业，长年面对画稿，没有多余的社交，活动范围也不过是方寸大小的工作台。你有没有想过，鹿唯为什么会选择这样孤独的职业？”

顾城的问题，让邵小野一愣，抬头望向他。

“不知道为什么，现在我反倒有点儿理解那个臭小子的心情了。少爷，说真的，关于鹿唯患的那个什么综合征，我真的是听都没听过，但是我脑袋里第一印象就是这小子精神有问题，我以后得少刺激他。你说像我这样认识鹿唯好一段日子的人，都会有如此先入为主的想法，更何况是其他人。这个世界上，但凡受伤的人，都会下意识地把丑陋的伤疤遮掩起来，生怕被别人耻笑歧视，更何况是心里受了伤的人？”

因为受了伤，就变得极为敏感脆弱，防备一切，因为不想再被伤害，宁愿隔绝一切，而想走进这一类人的心里，同情心、同理心统统都没用，除非你愿意一直捧着自己那颗坦诚的心给予对方，一次一次，反反复复，直到被信任、被接纳……

“我想鹿唯的意思，大概是想告诉你，你若没有一定的觉悟，真的别折腾了。”说到这儿，顾城突然很想给自己点上一根烟，“因为……他可能折腾不起。”

“好了，我十五分钟后出发，你若还想走的话，就来找我，顺带捎你一程。”

话毕，顾城转身离开，将空间留给了邵小野，她需要好好地想一想。

连日的阴雨过后，天空终于放出了一抹晴，碎金的晨光如沙漏般流泻于这座静谧的小镇上，越往小镇的中心地带走，建筑的风格越古老，灰瓦的白色围墙，青黛色的小宅院，门前若是再种上几株芭蕉，简直像是回到了上个世纪。

今天的拍摄地点，正是小镇上一家百年的老宅院，院子的面积极大，但因主人举家迁到了国外，就此荒废了许久。汤导演花费了大量的人力财力，将原本破败不堪的宅院改造成漫画中一处富丽堂皇的府邸景象。

曲旋薇绾着古时小姐的发髻，穿着绣花的淡色袄裙，撑着油纸伞，从长廊一头款款而来，她双眉入鬓，凤眼微挑，眼睛张阖之间都带着一种别样的妩媚，宛如从画中走出来的古代美人。

邵小野对于那些所谓的偶像的定位并不明确，但在见到曲旋薇后，这才深刻地明白有些人天生就长着一张极为上镜的美人脸，扮什么就像什么，连她这个女生都忍不住迷了眼。

“鹿唯呢？”曲旋薇一见到邵小野便张口询问鹿唯的情况，亲昵的程度宛如认识了多年的好友。

“好像吃错了东西，肠胃不太舒服，在房间里休息呢。”邵小野从善如流地回答。

曲旎薇了然地点了点头：“怪我，不该带他吃那么辛辣的食物。”

听到曲旎薇的自责，邵小野下意识地皱眉，不太愿意接受这份道歉。

“看来你们相处得不错。”

“嗯，他是个很有趣的人。”曲旎薇笑靥如花。

邵小野也跟着笑了笑，不置可否。

即便这座小镇远离都市，也还是有不少人认出了曲旎薇和鹿唯，他们前几日逛街的照片便被一些热心的粉丝放在了微博上，一时间关于两个人恋爱的消息不胫而走，而曲旎薇的个人工作室更是“错手”点赞了其中一条相关信息，进一步催发了事件，引得众人浮想联翩。

4

虽然和顾城的那次谈话后，邵小野选择留在剧组，坚持到项目完成。但面对鹿唯，她还是气不过，即便是见了面，两个人也只谈公事。

她明白鹿唯正在气头上，在这种情况下，无论她多么诚恳地想表明自己的态度和立场，他都会悲观地认为，这是弥补，是同情。

倒不如给对方一点时间冷静，缓和一下僵持不下的状态。

其实，邵小野一早便知晓了鹿唯和曲旎薇两个人在网上的绯闻，只不过鹿唯没有想跟她解释的打算，她也只能当作不知，尽责做好自己编辑的本分，其他一概不过问。

开拍前，邵小野和曲旎薇正不咸不淡地聊着天气和日常，曲旎薇的小助理却神色慌张地跑了过来。

“出什么事了，这么冒失？”曲旎薇皱眉，稍显不悦。

“你的替身在搬运器材的时候，不小心闪到了腰，据说伤得还不轻。好像今天这场戏不能拍了。”

曲旎薇微微拧眉，却仍旧不放弃地询问：“不是还有另一场和几个反派对峙的戏吗？”

听到这儿，小助理的脸更是愁苦：“偏偏那场戏的重要道具场务说忘拿了，还在酒店里，刚才派个小助理回去取了，结果小助理说找不到道具，也是邪门了。”

曲旎薇傻眼，似乎也没能料到会发生这样的意外。

“意思是，今天也没办法拍摄了吗？”

小助理无奈地摇了摇头：“不清楚，还有一场戏，说是还没来得及布置场景，本来今天是打算拍三场戏的……”

“我去看看。”

曲旎薇听到这话显然有些坐不住了，提起裙摆向拍摄现场赶去，小助理见状急忙拦住她：“你千万别去啊，因为这些糟心的事，汤导现在正发脾气呢，谁都不愿撞上枪口当炮灰！”

可是曲旎薇去意已决，小助理也不好执意拦着，只能在一旁不住叮嘱，让她见机行事。

小助理口中的汤导便是这次的总导演，他三十多岁，穿着一套有些褪色的皮夹克，内搭的衬衫下摆一半塞进了裤腰内，多少有些不修边幅。虽然看起来好似对什么事都漫不经心的样子，但是一旦进入拍摄状态，就好似变了个人一般，气场强大得让现场工作人员大气都不敢喘。

因为他年纪轻轻又姓汤，让不少人猜测他和投资方的汤家有什么关系，留下不少话柄，因此他也是铆足了劲想要证明自己，不容一丝错误。

邵小野见状，也不好置身事外，于是跟着两个人去看看到底怎么回事。

还没走到门口，就听到汤导演暴躁的咆哮声：“你们这些人是干什么吃的？这么点小事都做不好，道具怎么会平白无故地消失呢？”

“真倒霉，怎么拍这个剧总是不顺啊……”一名摄影助理小声地嘀咕了一句，而他身边的摄影师急忙撞了下他的手肘，眼神示意他赶紧闭嘴。

然而，人处于暴躁中，耳朵就意外灵光，汤导转头怒吼：“你说什么？”

新来的摄助也是初出茅庐，不顾摄影师的眼神阻拦，忍不住开口抱怨：“你看这才短短几天，就发生了多少事？别说道具失踪，工作人员因为灯架倒塌，摇臂突然断裂，意外受伤的事故都有好几起。之前我听那装修的工头说，装修的时候也有不少工人莫名受伤，你说这会不会是被怨灵诅咒的？”

“是啊，是啊，我也觉得诡异啊。最近总觉得这里阴风阵阵，凉飕飕的。”

“刚才我好像在监视器上看到有鬼影飘过，红衣长发，好可怕啊！”

一旦有人发声，紧接着其他人便七嘴八舌地附和起来，无论是错觉还是眼花全都能归到怪力乱神上，参与者越多，就越容易被信服。

“胡扯！”汤导演越听越荒唐，烦躁地扒拉了几下乱糟糟的头发，忍不住呵斥了一声，彻底扼杀住了在场的流言蜚语，“这都什么年代了，你们还信这些乱七八糟的鬼神言论？想偷懒耍滑的现在就站出来，立马给老子收拾包袱走人，别扯这些有的没的，干活！”

大家面面相觑了几秒，皆默默地低头干活，不再言语，曲旎薇在这时来到汤导演面前。

“汤导，关于这次发生的一些意外我也听说了，为了尽量不拖延进度，替身的那场戏，我可以亲自来的。”

对于曲旎薇的这个决定，在场的经纪人和汤导演都惊呆了。

“旎薇，这可不是说笑的。”经纪人焦急地暗扯着曲旎薇的衣袖，小声耳语道，“按照合约，就算拍摄延期，我们没有违约，照样拿钱的。”

本来，在这件事上汤导演也不勉强，却想不到曲旎薇竟很是坚持，汤导演忍不住欣慰地拍拍她的肩膀：“现在的年轻人像你这样敬业的实在太少了，你放心，我会尽量规避太危险的动作的。”

没多久，这个小插曲很快就被忙碌的工作给掩盖。曲旎薇忙着和编剧对剧本。邵小野反而显得有些无所事事。再待下去也没意义，便走到外面打算给鹿唯拍摄一些取景的素材作为参考。

老天爷似乎也感受到大家惶惶不安的心情，刚露出没多久的阳光，再次隐藏在云幕之中。

不过一会儿便下起了淅淅沥沥的小雨，无数细长的银线织就一张朦胧的白网，铺天盖地地笼罩住天地万物。

百无聊赖的邵小野，伸手接住屋檐落下的水珠，就在这时，一道尖锐的嗓音划破了平静的雨幕。

邵小野最先赶到事发地，艰难地推开厚重的门扉，便瞧见夏凉昏倒在地，墙上的一角竟被泼上黑色的墨迹，而最为诡异的地方是角落那张老式的梨木雕花床的正中间竟挂着一套大红色的裙褂。

随着穿堂而过的凉风，裙褂正随风摇摆，散落在地的剧本也留下了和墙上墨迹一样诡异的手掌印。被眼前景象震惊在当场的邵小野好半天说不出话来。

邵小野上前查看昏倒的夏凉，她先是轻探了对方的鼻息，确定还有呼吸，胸口起伏正常，并仔细查看身上是否有外伤后，这才轻轻拍了拍夏凉的脸颊。

“夏凉！你醒醒！”

“哎呀，夏凉怎么了？”随后赶到的汤菲儿见到昏迷不醒的夏凉正倒在邵小野的怀中，惊呼了一声，急忙来到两人身侧。

“可能是昏过去了吧，我也是听到尖叫声才赶过来的，还不太清楚怎么回事。先叫救护车吧。”邵小野老实回答。

“嗯。”汤菲儿掏出手机正要打电话，夏凉却在这个时候“嘤咛”了一声，幽幽转醒，她先是茫然地环顾四周，最终将目光定在了眼前的邵小野身上。

“夏凉，你感觉还好吗？要不要去医院检查下？”邵小野关心地问道。

夏凉摇了摇头表示自己安好，在邵小野的搀扶下勉强站了起来。

“刚才听到你的尖叫声，我们都吓坏了。到底发生了什么事？”汤菲儿询问。

夏凉努力思考了片刻，瞳孔却猛地一缩，脸色“唰”地变得苍白，似乎回想到了十分可怕的画面，连嘴唇都忍不住瑟瑟发抖。

# Chapter 4 捕捉恶作剧少年

1

“我本来是听赵编剧的吩咐把修改后的剧本拿给汤导演，经过这个房间的时候，听到有一些声响，我怕有野猫捣乱，就进来看看，我还没看出点什么，就觉得耳边好像有个女人在唱歌，若有似无的，我……我就有点怕，正打算要走，转头就看见，有个女人穿着新娘的衣服吊死在床头……”

说到最后，夏凉瑟缩着躲在邵小野背后，指着床的位置，却迟迟不敢看那个方向。

听到夏凉的“口供”，原本聚集在门外看热闹的群众，宛如一滴水落入滚烫的油锅内，彻底炸了。

“天哪！真的有鬼，我就说这部电影有问题。”

“什么电影有问题，根本就是这漫画本身有问题，我听说漫画在连载的时候，就换了好几任编辑，每个编辑不是生病就是出意外住院，听说最严重的都吓疯了。”

“对！我也听说过这件事，我有不少漫画家朋友都说这个作者画的漫画大多都是根据真实的灵异事件改编成少女漫画的，会不会因此撞了邪啊？”

所谓三人成虎，周边的人都在热烈地讨论着，不管是真遇到抑或是道听途说的都不介意在这个流言上涂上重彩浓墨的一笔，生怕不够生动形象。

“别听他们胡说，根本就没有这种事。什么诅咒根本就不存在，我就是麓微的编辑，我不就没事吗？”邵小野忍不住大声为麓微辩解。

她拍了拍身后胆战心惊的夏凉，柔声安慰：“可能是你眼花看错了，根本就没什么女鬼，不过是一件衣服挂在那，不信你自己看看？”

夏凉原本死死闭着眼睛，不敢看一眼，在邵小野的不断鼓励下，这才小心翼翼地扯开一条眼缝朝床铺的角落望去，眼见一件衣服挂在床上，她先是惊讶，继而不断揉了揉眼睛，证实床上确实只是一件衣服后，面露羞涩，颇为不好意思地腼腆一笑：“可能真是我看错了，自己吓唬自己。”

话刚说完，夏凉似乎发现了什么，忍不住朝那件衣服走去。她将那套衣服翻了个面，发现上衣的背后似乎被什么野兽划过，留下三道类似爪痕一般的不规则切口，衣服算是彻底报废了。

而这一发现让原本安静下来的众人，再次吵闹了起来。

“果然有猫腻啊，你看这满地的鬼爪，太可怕了。”

不仅如此，就连汤菲儿似乎也被众人的七嘴八舌给说动，心有余悸地瞅着邵小野：“小野，你说这件事……”

“这事确实有猫腻，但我觉得不是鬼怪，更像是人为，我觉得是有人故意恶作剧的。”邵小野将最近发生的事串联在一起，隐约有了一个嫌疑人选。

“你知道纪迦川现在在哪儿吗？”邵小野扭头询问汤菲儿。

“不知道，今天一整天都没见到他人影呢。”

果然！

邵小野陷入沉默，似乎发现了什么蛛丝马迹。

“你们都聚在这儿干什么呢？”汤导演见一些人去查看迟迟没回来，忍不住过来询问，恰好在路上遇上了曹制片，耽搁了会儿时间，这才赶到。

等听完工作人员的讲述，他先是懊恼地将抽了一半的烟蒂撒气般丢在地上，和曹制片对视了一眼，最后也只是泄气般吐出那抹烟雾，什么也没说，而是让副导演催促大家继续工作。

这次事发的地点是今天准备要拍摄的最后一场的场地，林于淮所属的小说里的故事发生在民国时期，因此很多建筑和道具都必须着手购入或者找专人定制，为了尽可能百分百还原漫画中的场景，所以耗费了不少时间。

好不容易布置完场地，只差将道具摆设进去就可以开拍了，谁料到现在发生这种事，场地重新粉刷是小事，可如今拍摄的途中发生意外，拖延了拍摄的时间，不仅和演员商定好的拍摄时长得重新拟定，后期宣传的时间也要相应进行调整，不仅麻烦，重要的是一大笔资金的支出。

曹制片见到邵小野欲言又止，最终只能不胜唏嘘地拍了拍她的肩膀问：“今天拍摄的戏份估计不多，要不你先回去休息？关于拍摄花絮的素材，我让摄助帮你拍就好了。”

发生这样的事，大家多少都有些懈怠消极的情绪在，只是这一刻，邵小野身为原著这一方，更不能就这么回去，于是她婉拒了曹制片的建议，手持DV，同汤导演和曹制片一起前往大厅。

众人重新调整情绪，进入工作状态，演员和拍摄导演准备就绪，折腾了两三天，终于正式开拍，随着场记板在现场清脆响起的那一刹那，曲旎薇瞬间进入状态，这一幕讲述的是男主被邪恶势力重新带回了书本里，女主为了救回男主也进了小说之中，希望能够赶在小说的大结局之前及时救下对方，避免对方在故事中死去。

至于在大厅的这一场是个颇为复杂的打斗戏，曲旎薇饰演的女主在和坏人对峙的时候，为了救下男主为他挡了一刀。只是在挡刀之后，女主会被花瓶砸到脑袋。

当然，花瓶已经做过一定的处理，并不会真的砸伤曲旎薇，到时候用血包代替流血即可。

哗啦！

瓷瓶炸裂的声响，在偌大的大厅里划开了一道清脆的单音。曲旋薇眼神坚毅，一手握着插进胸腹内的匕首，另一只手臂则顺利挡住了花瓶的袭击，顺着手臂流出的鲜血凝聚成指尖一颗颗鲜艳剔透的血珠子，最后跌落在地面上，砸成了一朵朵触目惊心的血花。

众人鼻息静默，似乎被曲旋薇的演技折服，四周安静得只剩下机器运转的嗡嗡声响。

原本想要提醒女主花瓶应该砸在脑袋上的编剧，却被不远处的汤导演挥手拦了下来。

曲旋薇虚弱地躺在被绿布包裹严实的男主的怀中，拍摄时期为了让演员更加入戏，都会让演员穿上特制的绿布衣服来和演员对戏，同时也方便动画师后期跟踪动画男主的动作，大部分这种类型的影视剧，都是以这种方式来处理。

面对着如此滑稽形象的“替身”男主，她仍旧面不改色，一脸深情地凝望，带血的手轻轻地抚上对方的脸，气若悬丝般缓缓开口。

“那时，你说过喜欢我的那句话，不会……不作数了吧？”语气中适时的停顿和哽咽将整个悲情的气氛渲染到了最高点，她的话音刚落，一直在眼眶中打转的泪珠，最终伴随着手落下的动作一并从脸上滑下。

在这一刻，似乎连呼吸都有所保留的缓慢语速，煽情又催泪的场面将在场的每一个工作人员都深深拉入女主离开的悲痛之中无法自拔。

“卡！”

直到那一句表示结束的声音响起，众人才回过神来，却又情不自禁地回味起刚才的那一幕幕场景。

曲旋薇从男子的怀中睁开眼，默默地擦去眼角的一滴泪，同时谦虚地朝和她对戏的男演员表示感谢。

汤导演第一个鼓起掌来，激动地上前握住曲旋薇的手：“太棒了，旋薇，你这一场演得简直是太棒了，一镜到底，毫无毛病。”

“嘶……”

汤导演的动作让曲旋薇吃痛地低呼了一声，她拧着秀气的眉毛，似乎一直在强忍着痛苦。汤导演一吓，急忙松开了手，瞬间变得有些手足无措：“我也没太用力啊。”

曲旋薇的小助理似乎意识到什么，抢先一步走上前，小心地掀开了那个被砸到花瓶的手臂，手臂被花瓶的碎片划出了一道血口子，血珠子不停地从伤口处冒出，整条手臂鲜血淋漓。

2

在场的人似乎被眼前的一幕惊呆了，小助理倒吸一口冷气，也吓得不知如何是好。好在邵小野反应灵敏，在大家震惊的空当，及时拿来医药箱，麻利地将曲旎薇的手臂包扎起来。

“赶紧叫救护车。”经纪人也反应过来，急忙招呼身边的助手。

包扎完毕后，邵小野似乎意识到什么，捡起地上的花瓶碎片仔细观察了片刻，表情凝重地望向曲旎薇，缓缓开口道：“是真的！”

众人听到这句话忍不住窃窃私语起来，而刚才负责砸花瓶的那名临时演员吓得慌不择言：“怎么会？明明是道具花瓶，怎么会真受伤呢？”

发生这场意外，汤导演也有些懊恼：“是真的花瓶，怎么刚才不说呢？”

或许因为失血，曲旎薇的脸色变得有些苍白，她孱弱一笑：“不好影响拍摄进度，没大碍的。”

汤导演和曹制片听闻此话，大为感动，纷纷赞扬起曲旎薇的敬业精神。

在等待救护车的时候，一些问题还是得解决，汤导演询问了负责道具的场务，但场务则坚决表示自己当时真的换了假的花瓶，但不知道为什么在实际拍摄的时候糖片做的花瓶却变成了真的陶瓷花瓶。

邵小野表示在片场接连发生各种意外，已经不单单是恶作剧了，她建议汤导演直接报警查出真相，避免更多的人受到伤害。

曹制片却坚持不能报警，如果将这件事闹大，被媒体大肆报道，对这部影片后期的票房和风评都会有一定的影响。他们建议大事化小，小事化了。就连身为受害人的曲旎薇也支持曹制片的做法，邵小野只得作罢。

在片场中每个人的工作都是被分配好的，按照拍摄的流程各司其职，因此道具只会经过三个人的手，筹备一切道具的场务，和曲旎薇有对手戏的临时演员以及曲旎薇本人。

自然，曲旎薇不可能搬起石头砸自己的脚，因此嫌疑人便只剩下场务和那名临时演员。

虽然他们俩都大喊冤枉，但出了这档子事，还是得给众人一个交代，最后便只能开除了那名场务和那名临时演员作为收场。

然而，这样的收场并不能遏止流言蜚语，因为曲旎薇受伤，这部漫画受到诅咒的传言更是一传十、十传百地在剧组中传开了，已经有一两个临时的小演员向执行导演请辞。恰逢这个时候，主演受伤，剧组内人心不稳，导致工作也是大打折扣，汤导演无奈地又一次宣布暂停拍摄。

当天晚上，曹制片和汤导演两个人便找上了邵小野，他们先是对这些天在片场发生的种种意外表示遗憾和抱歉，最后委婉地表示鹿唯老师要是有其他事忙碌的话，可以先行离开，他们会派专车来，随时接送他们去码头。

“你们也觉得这些事是因为诅咒？”

邵小野安静地听完曹制片的循循善诱，平静地开了口，视线却转向了一直沉默着抽烟的汤导演。

“哈哈，小野编辑你真爱开玩笑，如此无稽之谈，我们怎么可能会相信呢？只是觉得这段时间大家都有些累了，所以才建议休息一段再开拍。”曹制片继续打太极。

拍摄进度因为这一件件意外，一次次被延后，明明时间紧张，根本就不可能有多余的时间让大家休息。对于曹制片的话，邵小野一句也不信。

“还是……”她顿了片刻，蓦地抬起头，直视眼前的两人，会说话的双眼直入心灵，“你们已经知道是谁在捣鬼？”

犹记得下午拍摄时，恰好捕捉到了他们两个人别具深意的眼神交流，这一连串的事件任谁都能猜到其中有问题，他们的处理方式却让人很费解。

显然，邵小野这般直白的发问，令两个人不自觉地挺直了背脊，仿佛有人同时在他们的后背敲了一记。

汤导演似乎想说什么，老谋深算的曹制片却抢先一步，连声否定：“怎么会？这件事哪会有什么猫腻啊？就是一些意外而已，巧合中的意外，意外里的巧合！”

见曹制片的态度，汤导演只得讪讪地闭上嘴，从兜里掏出一根烟，默默地点上。

邵小野见两个人这样的态度，深吸一口气，下了一个决定：“如果我能解决这件事，是不是就能继续拍摄了？”

曹制片一怔，没料到邵小野居然会揽下这个烂摊子，就连原本无精打采的汤导演也忍不住将耷拉的眼皮抬起，深深一望。

“小野编辑你又来了，我都说了，这件事真没那么复杂的……”

曹制片的敷衍，被邵小野打断，她态度坚决：“给我两天的时间。”

四周一片沉默。

“一天！”嗓音落下，似廊雨击青瓷，干脆剔透。

曹制片张了张嘴，最后却没说什么，只是叹了口气，起身离开了。

汤导演此时也站了起来，表情复杂地看了邵小野一眼，“对不起”三个字随着吐出的烟圈飘了出来。

“我说！”薄嫩的唇瓣开启，适时止住了汤导演将要离去的脚步。

“你有没有听过村上春树的一句话？在高大僵硬的石头和脆弱的鸡蛋之间，我永远站在鸡蛋这边。我没期望过让您能够站在我这颗又臭又硬的咸鸭蛋这边，但请记住，与其怨天尤人，忍气吞声，我更喜欢正面迎战。”

她渐渐敛去时常噙在嘴边的笑容，目光沉静，眼底却隐约有烟波流转着，如同隐藏在波涛汹涌浪花下的暗礁，这一刻汤导演似乎在她的眼中读懂了四个字。

青春无畏！

万籁俱寂的黑夜，只剩角落里的一片光亮照射着电脑前忙碌的身影，骨节分明的手正握着压感笔，不过几个简单的勾勒，一名纤细少女的雏形跃然在画稿上，线条流畅。

在清辉般的光线照射下，他的肌肤呈现一种剔透的白色，半阖的眼睛里只看到电脑前的一点荧光在跳跃，长翘的睫毛落下一层浅薄阴影，恍如一轴绘卷，斑驳而幽静。

手机突然一振，惊动了鹿唯。他转头瞥了眼屏幕，在看清内容和发信人名称的那一刻，表情一软，泄露了些许烟火气息。

00：14

邵小野：睡了吗？

忙碌的手只是微微一顿，鹿唯并没有打算理会，继续埋首工作，然而对方似乎并不打算就此放弃，震动不停，邵小野开启了短信轰炸模式……

00：16

邵小野：我知道你肯定没睡。

00：16

邵小野：我现在过去找你！

在这条短信发出后不过一秒，鹿唯迅速做出反应，电光石火间他已经合上了笔记本电脑，丢下手中的画笔，三步并作两步，再加上一个跳跃，整个人宛如鱼跃龙门般矫健地落入柔软的床铺中。在邵小野打开门之前，鹿唯已经完成了所有的就寝动作，顺利地将自己裹成了寿司卷。

“啪嗒啪嗒。”

鹿唯在棉被下的呼吸伴随着对方脚步声的临近，变得有些沉重起来，但他尽可能小心、均匀地呼吸，不让喘息的幅度太大。

“快起来，不要装睡了，”邵小野的声音霍然响起，一下子就拆穿了鹿唯的伪装，“你的电脑还是热的。”

手指微微一抖，鹿唯咬住下唇，坚持不出声，死不认账。

谁知下一刻被子却被粗鲁地掀开，他瞪圆了一双惊恐未定的小鹿眼，望着眼前笑颜如花的少女，而她头顶倾泻而下的光芒令他下意识地用手背遮住双眼，似乎在适应突然的刺眼。

邵小野似乎等不及鹿唯的适应，她一把抓住了对方的手，作势要将他从床上拉起。

“走，我们去抓妖怪吧！”

这是自那次电影院不欢而散后，邵小野对他说的第一句话。

妖怪？

3

邵小野和鹿唯两个人来到第一摄影棚内，也就是在酒店附近的一处室内拍摄点，因为拍摄用的灯具突然破损，汤导演只得转战另一处拍摄地，这里便暂时用于储存道具和戏服。邵小野同汤导演借来了这边的备用钥匙，借着夜色躲避在一处衣柜内，透过衣柜的缝隙，仔细观察外面的场景。

鹿唯第一次和邵小野处在这般隐秘又狭小的空间，让他多少有些不自在，一边懊恼自个怎么就这么听话地被她拉来这里，一边努力隐藏情绪，绷紧那张面不改色的脸孔，开了口。

“邵小野，你到底在搞什么鬼？”他低声询问，尽量让自己看起来很是生气，只是微微颤抖的嗓音泄露了他的一丝紧张。

“搞鬼？”邵小野咀嚼了遍鹿唯的话，继而眼珠子滴溜一转，笑容倾泻，即便现在昏暗的光线对方根本看不到。

“我不搞鬼，我捉妖啊！”

鹿唯沉默片刻，感觉自己被耍，作势要推开柜子。

邵小野见状，急忙拦住了他，老实招供。

“你等等，我说还不行吗？你知道你肠胃不舒服的这段日子里，片场发生了什么事吗？”

邵小野将这几天在剧组里发生的一系列事件，从道具被破坏，夏凉被吓晕，花瓶被偷梁换柱导致曲旎薇受伤住院等，事无巨细地告诉了鹿唯。

然而，鹿唯似乎对于这些事情并不关心：“所以？”

“汤导演和曹制片打算暂缓拍摄。”

“因为我的漫画作品带有诅咒？”鹿唯似笑非笑，连带嗓音都拧成另一股自嘲般的古怪腔调。

“你难道不想找出罪魁祸首？”

“无聊。”鹿唯不屑一顾。

“你的作品不仅就此搁浅，如果因为这样的恶作剧影响到你后来的新作品面市，你也没关系吗？”邵小野一把握住了他欲推门的手腕，她的手纤细又娇小，却极有力道。

目光有些失焦地盯着握在他手腕上的小手，温度透过肌肤一点点渗入四肢百骸，鹿唯的心尖一颤，他几乎是无意识地回答。

“无所谓！”

“鹿唯，你为什么要拒绝所有人？你……”

邵小野刚要张口抱怨，鹿唯却一反常态，先一步捂住了她的嘴，低声说：“嘘，小声点，有人来了。”

话音刚落，便听到了门“吱呀”地开了，透过衣柜缝隙隐约可以看见一道黑影从门后闪入。夜晚的光线并不充足，透过门外的路灯照射，只是隐约见到有个黑影穿梭在各个道具箱中搜索着，丝毫没发现衣柜中隐藏的两人。

黑影似乎也感到光线不足造成的不便，从裤袋中摸出一部手机，打开手机自带的手电，低首继续搜索着。

由于黑影背对着邵小野他们，鹿唯只能从手电微弱的光线中，依稀辨认出这是一名男子。

终于，黑影在一个黑色的皮箱前停了下来，拉开皮箱的拉链，里面的物品完全暴露在男子的眼中。

似乎是找到自己想要的东西，男子发出一声兴奋的欢呼，下一刻又赶忙捂住自己的嘴，小心翼翼地左右查看，确定没有惊动到任何人后，他轻轻地舒了一口气，再次从口袋里摸出个拇指大小的物件。邵小野离得有些远，没能看清到底是个什么东西。

啪嗒，啪嗒！

不远处的男子划拉着手中的小物件，几颗火星冒了出来，邵小野这才恍然大悟：这男子竟打算烧毁戏服！

她悄悄地推开了柜子，悄无声息地来到男子的背后，朝男子的腰际踢出雷霆一脚。

男子一时没能防备，竟被邵小野直接踹进箱子内。

“妖怪，看你往哪儿跑！”邵小野兴奋喊道，鹿唯也分外默契地在这一刻打开墙上的电灯开关。

突至的光线让男子下意识地以手遮掩，箱子内放着拍摄用的衣物，颇有些分量，栽倒进箱子的男子被一些衣物埋在其中，别提多狼狈。

直到男子放下手露出真面目的那一刻，邵小野面露惊诧，连带声线都提高了不少：“哎呀，这不是纪迦川纪少爷吗？你在这儿干什么呢？”

面对邵小野略显浮夸的演技，鹿唯没什么表示，嘴角却不自觉地勾起一抹浅浅的弧度。

被邵小野突袭的纪迦川手脚并用勉强爬出皮箱外，他羞红了一张脸，不仅被对方逮了个正着，还再一次被邵小野踹了一脚，别提多丢人了。

“你们怎么会在这儿？”好不容易，他恢复大少爷的气势，厉声质问二人。

“这件事，我也想问问你啊！你大半夜不睡觉，来这儿干吗？我好像看到纪少爷拿打火机，干吗？想要烧毁戏服吗？”

面对邵小野的连声质问，纪迦川先是心虚地缩了下脖子，下一刻便重新挺直腰背，扬起下巴，如同一只骄傲的孔雀。

“根本没有这回事，你别血口喷人。”他死不认账。

邵小野没理会他，越过对方，弯腰在箱子内一阵摸索，终于从里面找到了一个雕刻着半个翅膀的银质打火机，单看打火机的构造就知道价值不菲，不是普通人所能拥有。

“人证物证俱在啊，纪少爷？”邵小野打量了会儿他手中的打火机，继而将目光转移到他的身上。

“那又如何？”

“你不是很好奇我为什么会出现在这里吗？我告诉你，是我故意让汤导演配合我对外宣布说，明天要补拍女主的一些戏份。我知道只有这样才能引蛇出洞，抓住你这个祸首。你不承认也没关系，就算这个房间没有监控，走廊却安装了，只要去保安室里，看一下拍摄灯架被破坏的那天的监控就一目了然了。而且……你能收买那些工作人员，故意散布鹿唯的漫画作品带有诅咒，难道我就不能从他们的口中撬出一些蛛丝马迹吗？”

“你福尔摩斯看多了吧？真把自己当侦探了？”纪迦川冷哼，对于邵小野的推理显然不屑一顾，“就算这些事都是我做的，你又能拿我怎么样？”

纪迦川没打算否认自己的所作所为，或许在他眼中这不过是他无聊时，一时兴起的恶作剧，根本不值一提。

“好，我敬你是条汉子。”在这点上，邵小野对他还是多少有点改观，“不过，我不明白，这里的导演和每一个参与的工作人员貌似都没惹到你吧？”

“他们是没惹到我！”他冷嗤了一声，继而将矛头直指站在一边的鹿唯，“你别忘了，这家伙可是很大程度地惹到我。我可说过，不把本大爷的声明当回事的人，都不会有好下场的。”

纪迦川咬牙切齿，好似鹿唯上辈子对他做了多么伤天害理的事。

鹿唯对纪迦川的记忆不深，盯着对方的模样好半天才依稀有点印象：这位就是之前在伯莱恩学院里，将他错认成女生还一直纠缠他的那个校草？

“我说过，我不喜欢你的！”他皱眉，低声嘀咕了一句。

“哦——”邵小野发出一道颇具内涵的长音，看向纪迦川的眼神也多了一层暧昧不明的含义。

原本她还以为纪迦川是因为之前的一脚之仇，想不到竟是“因爱生恨”！

纪迦川气得涨红了一张俊逸的脸：“少往自己脸上贴金了，谁说喜欢你了。”

“好了，你就为了这么点小事，折腾出多少麻烦？”邵小野瞬间觉得有些心累，这位大少爷的心灵真是幼稚而脆弱。

4

“你居然觉得这只是件小事？”纪迦川怒目圆睁，他还想辩解，却被邵小野打断。

“如果之前的事让你觉得委屈，我们可以道歉，但你自己是不是也欠导演和辛苦付出的每一个工作人员一句‘对不起’呢？因为你的一己私欲，影响拍摄进度也就算了。你还故意吓唬夏凉，甚至调换道具，让曲旎薇受了伤，你这样恶劣的行径早已越过恶作剧的界限。你不觉得你应该对这些事负责吗？”

对于邵小野的一系列指控，纪迦川的脸上浮现片刻的茫然，但在听到要他负责的时候，便立马换上一副不屑一顾的冷嘲。

“哼，负责？是汤导演和曹制片还是哪个演员要求我负责了？”

“你……”她语塞。

“难道你就没好奇过，我在破坏这些仪器设备的时候，难道就没有一个目击证人？你大概是忽略了一点，不是他们不想追究，而是他们根本不敢让我负责！明白吗？”

邵小野在这一刻才彻底了解了曹制片的欲言又止、汤导演的沉默郁闷。

纪氏集团作为这部影片的出品人之一，损失一点费用，推迟拍摄都无所谓，得罪高层才是更大的麻烦。

纪迦川的嚣张和任性妄为不是天生的，而是纪氏集团的权势让他觉得自己无论做什么都容易被原谅。

“是啊，我也好怕啊！”邵小野面露惊恐，环抱手臂，瑟瑟发抖，然而转瞬间脸上所有的表情都被狡黠的目光所掩盖，“但总有人治得了你！”

她将藏在背后的手机递到了他的面前，并示意性地朝他摇晃了下。

“纪学长，你都听见了吗？”邵小野对着电话那头的纪景行开口，而纪迦川在看到通话对象的瞬间，那股与生俱来的倨傲和自信便开始逐渐分崩离析。

“邵……邵小野你太狡诈了。”纪迦川吓得面如土色，险些咬到自个的舌头，他一把夺过手机，急忙解释：“哥，你听我说不是这样的，哥，哥……”

对于自己弟弟的态度，纪景行显然苛刻不少，他并没有给对方解释的机会，径直把手机挂断。

纪迦川盯着手机半晌，好一阵恍惚，他转头盯着邵小野，恶狠狠地朝她扑了过去：“邵小野，我要和你同归于尽。”

邵小野自然不可能乖乖被擒，她利落地转身，堪堪避过对方的攻击，而怒极的纪迦川一个避闪不及，直接撞进了邵小野背后那堆箱子上。

哗啦！纪迦川这下彻底被埋进了箱子动弹不得。

邵小野见他狼狈的模样，分外解气地朝他吐舌头扮鬼脸：“活该！”

而这一阵巨响自然惊动了楼下的保安，当他们赶来的时候，迎接他们的便是一屋子的狼藉，门口的三名保安面面相觑，不知发生了什么。

邵小野简单说明了情况，把后续的工作交给了保安，自己和鹿唯两个人便先行离开。

回酒店的路上，邵小野心情很好，连带走路的步伐都轻快了不少。不仅解决了一大难题，揪出祸首，也为夏凉几人解了气。

她哼唱着欢乐的小调，并不时发出咯咯的笑声，这份快乐逐渐感染了身后的鹿唯，再也抑制不住上扬的嘴角。

而这一幕恰巧被转身回头的邵小野撞见，即便那道浅浅的微笑稍纵即逝，也让人觉得璀璨夺目，美妙绝伦。

邵小野忍不住笑着感叹：“鹿唯你不仅是漫画天才，也是脸蛋天才啊，这样的好模样就应该多笑才对。”

她从不吝啬去夸赞对方的优点，而她带笑的双眼又太过坦诚，让人看不出一丝奉承的意味。

这大概也是邵小野女生缘极好的缘故吧。

鹿唯急忙想要借着咳嗽的间隙，换回不苟言笑的棺材脸，只是他那悄然染上脸颊的嫣红，却流露出不欲人所知的羞涩。

他不是没被人夸赞过，但不知为何听到邵小野的夸奖，总会让他心跳的节奏有些加快。

邵小野也不在乎，大方地拉起了鹿唯的手："今天解决了一大难题，真开心，开心得我都想跳舞了。"

说着，邵小野竟真的摸出手机，打开了音乐。

而鹿唯则有些不知所措地左顾右盼，有些不甚确定地询问："在这里？"

小镇夜晚没有太多的休闲娱乐场所。因此一旦过了十二点，路上就没什么行人了，更别说疾驰而过的车辆。再加上这条小路地处僻静周边除了大片的草地没有一丝人烟，因此就算邵小野在这条马路上横着走，都不会有巡警来阻拦。

"怕什么！"

邵小野竟真的将手机里的音乐开到了最大，拉起鹿唯就是一阵群魔乱舞。

说实话，邵小野的舞姿可以说毫无任何技术含量可言，但有时候快乐就是最佳的律动。

原本，鹿唯对于邵小野的胡乱蹦跶并不予以理睬，但她也不觉得丢脸，就这样蹦跳着，挥舞着，摇晃着，演绎着最为可笑的动作。

鹿唯最终没能绷住，忍不住"扑哧"笑出了声，一旦有了突破口，邵小野更加卖力，拉起鹿唯的手臂转圈，终于鹿唯也被她带动，笨拙地跟随着她的动作配合着：探戈，拉丁，交际舞，各种记忆中的舞姿，胡乱拼凑的舞步他们都跳了个遍。

这里没有评委质疑他们的舞姿，只有星辰相伴，青草依偎，音乐缭绕，以及身边的那个人……

他们俩从马路中央，跳到了马路边上的草地上，最终不知谁先脱力，两个人双双倒在草地上，大口大口地呼吸着清冷的空气。小镇的夜晚很冷，然而体内的热量却在翻腾，冷与热交织成快乐的音符，围绕在两个人的周围。

鹿唯的额头冒出稀薄的汗水，他抬眼看着满布星辰的苍穹，或许是因为没有城市里霓虹的遮掩，星星比往日都要耀眼璀璨，他仿佛第一次见到这般美的夜空，几乎是无意识地伸手，总觉得眼前美得不可方物的景致，唾手可得。

躺在鹿唯身边的邵小野也在大口喘息着，虽然四肢已经酸麻得没有一丝力气，心底却无比舒畅，她斜眼睨视着身边的鹿唯，将他略显迷离的双眼尽收眼底。

"他们说得对，你真是个难伺候的漫画家。"她以臂代枕，学着鹿唯的样子伸出手，幽幽地开口，“总是得绞尽脑汁想着到底怎么做才能让你真正开心起来。”

鹿唯听着邵小野的话，没有开口，只是安静地喘息着，不知在想些什么。

“我呀，是个很古怪的人，宁愿跌跌撞撞地一路奔跑，也不希望规规矩矩地走完这一生。所以……你让我走出你的世界。我的答案是……”

她深吸一口气，中气十足低喊：“我偏不！”

邵小野的这一声低吼，竟惊得不远处不明的飞鸟扑棱棱地一阵逃窜，她再次肆无忌惮地笑出了声。

在这世界上最崎岖的或许不是人生的旅途，而是选择如何走进一个人的内心深处。邵小野不知道，这条没有地图，没有指引的路究竟有多难走，何时才会到达终点，但是让她就此罢休，她根本做不到。

# Chapter 5

# 春风十里不如你

1

话音刚落，身边的鹿唯突然一个利落的翻身，她以为鹿唯要离开，却不承想一道阴影落下，他冰凉的手毫无预警地盖住了她的双眼。

“别说话。”喑哑的嗓音里似带着一丝呜咽，制止了邵小野的询问，“也别看我，就这样安静地……安静地待一会儿就好。”

四周变得好静，鹿唯心里的感动控制不住地化作眼泪，溢出眼眶，这样丢脸的样子才不要被她看见。

不知过了多久，鹿唯这才松开手。他快速地转过身，生怕被邵小野看出什么破绽，淡淡地撂下了一句：“回去了。”

独留下邵小野怔怔地望着他离去的背影。

第二天，纪迦川就被纪景行派遣来的管家给“押”回了家里，好好闭门思过。管家递给曹制片一张支票，补偿因为他的胡闹而造成的一系列损失。看来，纪景行人虽远在美国，做事却一点儿都不含糊，不过短短半天的时间，就将一切摆平，拍摄终于得以重新进行。

看着曹制片眉开眼笑地送纪迦川一行人离开，想来这个补偿金额应该令他很是满意。

“那个，她……没大碍吧？”

临出发前，纪迦川突然从车上探出脑袋，讪讪地开了口。

“谁？”邵小野挑眉，一时没能反应过来。

“就那个……演员，曲旎薇。”他梗着脖子，粗声嚷嚷着，看似不耐烦的模样，其实是掩饰底气不足。

“怎么？你现在觉得良心不安啦？”邵小野失笑，她原本想取笑纪迦川几句，却突然灵机一动道，“当初你将道具换成真的酒瓶时，怎么就没考虑会对别人造成伤害呢？”

“我才没……”纪迦川似乎想说什么，最后却默默地闭上了嘴，就连向来神采奕奕的双眸也黯然不少。

纪迦川的反应让邵小野心生疑虑，这个家伙向来心高气傲，就算做错事，仍抬头挺胸，义正词严，从来不曾这般无精打采。况且，她故意把花瓶说成酒瓶，他竟然完全没发现……

“你现在去跟曲旎薇道歉，还来得及。”

纪迦川并没有理会邵小野的建议，缩回了身子，关闭车窗，车子如离弦的箭渐渐消失在众人的视野。

“这个小祖宗终于走了啊！”

身后的曹制片满是欣慰地感叹一句，似乎这个麻烦一走，连带周遭的空气都芬芳了不少，他喜笑颜开地揶揄道：“哎呀，想不到你是纪景行的女朋友啊……”

双眼眯成一条线的曹制片咂吧了两下嘴，将心底对邵小野的埋怨吞入腹内：你要早说这一层关系的话，我也不至于让这个小祖宗搞出这么多的事来。

几天后，邵小野前往医院探望曲旎薇，按理说鹿唯应当同她一起来，但这家伙最近莫名的灵感大发，才思泉涌，正埋头赶稿，邵小野也不好打扰他工作，只好独自前往。

其实，曲旎薇的伤口并不深，别说伤到筋骨，就连缝针都没必要。只不过，她的经纪人大惊小怪，非要让她在医院里住几天，各项检查做了个遍，以确保万无一失。

曲旎薇在这偏远的小镇上拍摄，但是关于她的新闻仍旧时不时出现在大众媒体面前。她不久前在片场受伤的新闻，更是被大肆宣扬了一番。

什么实力与偶像兼具的小花旦如何废寝忘食地背剧本，通宵排练以及负伤仍旧坚持拍摄，等等。

曹制片觉得这些新闻能为电影做一波免费的宣传，便做了顺水人情，积极回应了曲旎薇的受伤事件，并给予了十分正面的评价。

在医院大门口，邵小野遇到正从里面出来的汤导演，他瞧见邵小野似乎有些意外地微微一愣。

“你也来看曲旎薇啊。”汤导演干巴巴地问候了一声，默默地将烟给掐掉，似乎自从纪迦川走后，汤导演对邵小野的态度就变得十分别扭。

“嗯，她还好吗？”相对于汤导演的纠结，邵小野显得坦然许多。

“没什么大碍。”

邵小野点了点头，简单地寒暄几句后，便和他道了别，两人即将擦肩而过的时候，汤导演还是忍不住叫住了她。

“那个……我最近一直在想你对我说的那番以卵击石的言论。我觉得不畏强权没毛病，但前提是，这个弱者有着强大的后盾才行。否则，所有的抗争最后也只能沦为笑话而已。”

邵小野明白他话中的意思，她之所以能够顺利解决纪迦川的事件，无非靠着纪景行这个强大的后盾。

邵小野停下了步伐，没有回头，背对着他："我念的是编导系，那个时候，学校邀请您来给我们上一堂演讲课，我仍旧记得您当时激情昂扬地告诉我们一个导演的基本信念。也是您告诉我们，梦想是人一生不断前进的动力，而不是所谓的空谈，所以……"

"你当导演，为了梦想努力坚持，我非常敬佩，但请不要把梦想作为妥协的借口。"

邵小野转身朝汤导演深深鞠了一躬，这才默默地离开，独留汤导站在原地怔怔发呆。

"那笔钱不是之前就谈好了吗？你现在却突然跟我说要加价？这件事要是捅出去，你吃不了兜着走，以后谁还敢请你当替身？"

邵小野来到曲旎薇所在的楼层，却在楼道口隐约听到一道熟悉的声音，她心下好奇，忍不住悄悄朝声源靠近。

此时，楼道口的那扇应急大门"呼啦"一下子被推开，来者气势汹汹，险些迎面撞上她。

对方见到邵小野的那一刻也是微微一愣，似乎没料到会在这里撞见熟人，好一会儿，才勉强端起那职业的微笑："原来是邵小编，这么巧啊！"

开口的正是曲旎薇的经纪人张姐。

"不巧，我特意来看曲旎薇的。"邵小野努努嘴，眼神示意自己手中的蔬果花篮。

张姐轻拍了下额头，再次爽朗地笑开："你看我忙得都有些晕头了，走！我带你去看看旎薇。她最近跟我常常提起你呢！"

张姐分外热情地挽着邵小野的手臂，领着她往曲旎薇的病房走去。

"邵小编好像今年刚大一吧？大学生活一定很丰富多彩吧？"路上，经纪人有一搭没一搭地同她聊天。

"咦？你怎么知道我还是学生？"邵小野疑惑，如果没记错，汤菲儿只是跟别人介绍，自己是鹿唯的责编，并没有跟这里的人说过自己是学生才对。

"啊哈，这不是看你这般水嫩年轻，不像毕业很久的嘛！"经纪人急忙找了个理由，两人刚好来到了曲旎薇所住的VIP病房。

2

推门的时候，曲旎薇正观看手机里自己的表演视频，她受伤的那只手被分外夸张地打了个绷带，悬挂在胸前。

经纪人简单地同曲旎薇打了声招呼，便匆匆离开了病房，偌大的房间内只剩下邵小野和曲旎薇，两个人竟一时相对无言。

“我给你倒杯茶吧。”

曲旎薇最先打破平静，伸手就要去拿桌上的茶壶，邵小野见状急忙上前拦住她：“你的手不方便，我自己来就好了。”

曲旎薇瞄了眼自己的手臂，哈哈笑了几声，动作颇大地甩了几下手臂道：“这点小伤，早就痊愈了，只是给外界做做样子。”

说着竟自行拆起了绷带。而邵小野怔怔地看着她的动作，半天说不出话来。

邵小野犹豫了片刻，还是开口直奔主题：“你认识纪迦川，对吗？”

解绷带的手微微一顿，她抬头，笑容端庄，毫无破绽：“为什么这么说？”

看到曲旎薇的表情，邵小野心中多了几分笃定：“刚才纪迦川特意让我跟你问好。只是，他记性貌似不太好，连你被花瓶还是酒瓶砸伤都弄混了。”

“认识这部影片投资方的公子很正常，不是吗？”曲旎薇顿了一下，继续说道，“而且纪少爷大概贵人多忘事，不记得一两件丰功伟绩也不是什么大不了的事。”

她回答得毫无破绽，一副事不关己的姿态。

“确实不是什么大不了的事，但是……投资方的公子特意为你顶罪的话就很奇怪了，不是吗？”

“我听不懂你说什么。”她继续装傻，放在床上的五指却无意识地收拢。

“对了，刚才我听到经纪人姐姐好像在跟你的替身打电话呢，好像在谈酬劳的事，好奇怪啊，给替身结算片酬不是副导演的工作吗？”邵小野刻意停顿了片刻，转头观察曲旎薇的反应，抑或等着她的答案。

然而曲旎薇仍旧不语，只是轻敛笑眸，遮去眼底一丝异光。

邵小野忍不住感叹，不愧是演员啊，做得这般滴水不漏。

“你的经纪人姐姐对我也了解不少，连我在哪所大学、读几年级都知道！”

“我以为和你正式碰面，是会在某个宴会或者聚餐的时候，景行哥将你正式介绍给我。只不过，第一次碰面，你身边的男生却不是自己的男友。”

终于曲旎薇开了金口，抬头，明媚的脸上依旧巧笑倩兮，只是这笑容却让邵小野背脊泛寒。

“所以，你是……”她心中已有答案，却不敢妄下结论。

“景行哥经常和我提起你。”她刻意加重口吻，意有所指，“当然我也调查过你！”

邵小野诧异地瞪大双瞳，一脸的难以置信。难怪她和纪景行“交往”时，总感觉有人跟踪他们，她这才极力配合着纪景行“出双入对”的演出。

想不到曲旎薇就是纪景行口中的那名女孩！

犹记得，那次圣诞夜的前夕，邵小野和纪景行相约一起去参加鹿唯的签售会，在她即将步入商场时，纪景行却意外地叫住了她并且丢出一颗深水炸弹。

“我希望你能做我的女朋友。”

对于这样措手不及的表白，邵小野下意识地后退几步与他保持些许距离，就连称呼都多了几分客气：“那个……纪学长，你这个决定会不会有点草率？我们其实认识不久，也不太了解彼此。”

对于邵小野的拒绝，似乎早在纪景行的意料之中，他没有太多的失落，仍旧是那抹温雅的微笑：“我知道。所以我希望你能帮我，简单来说，陪我玩一场恋爱游戏。”

“什么意思？”这下，轮到邵小野疑惑了。

“是这样的，我有个交往多年的好友，最近她突然向我表白了，但我一直把她当成妹妹般看待，自然没有答应她。只是这丫头从小个性比较要强，对于我的拒绝她不仅没有退却，还决定以实际行动来打动我。无奈之下，我只好谎称自己已经有女朋友了。”

“所以，你希望我能假扮你的女友，让她放弃？”邵小野苦笑，这个剧本也未免太戏剧化了吧，而且为何偏偏就选中了她呢？

“嗯，目前来说，你是最佳人选。”

“为什么？”

“因为你……抗击打能力强。”

邵小野哭笑不得，这也算是对她能力的一种肯定吧。

“还是，你已经有喜欢的人了？”

“那倒没有。只是……”

类似这种契约女友，只在漫画情节里出现，在现实中出现，她还是头一遭遇到，让她多少有些犹豫。

见邵小野一脸为难，纪景行选择以退为进：“我知道确实有些为难你了。如果你不愿意，我也能理解。你就当我没说过这件事。”

见纪景行难得露出一副无奈的神色，邵小野心中有一丝愧疚。

凭良心说，这段时间纪景行确实给予她不少帮助，无论是之前打架或者运动会赛跑的时候，他的英勇出现，还是出版社遇到金融危机时，他的慷慨解囊。于情于理，她都不该拒绝对方的请求。

“好吧。就当我报答之前你的救命之恩吧。”邵小野最终答应了对方的请求。

邵小野突然感觉眼前的女生有点可怕。

所以，她猜测得没有错。曲旋薇受伤根本就是她自导自演的戏码，而纪迦川即便知道还是愿意为她扛下所有，默许了这一切。

所以那个雨天，纪迦川真正想要跟踪的人其实是曲旋薇，而不是跑来监视她？

邵小野摇了摇头，有些理不清如今混乱的关系。

“所以，你利用纪迦川和鹿唯之间的恩怨，故意让自己受伤，不但成功地让纪迦川帮你背锅，还让所谓的诅咒更具说服力。虽然你因此受了伤，可你赢得了好名声！可是，我不明白，曲旋薇，即便你是因为纪学长的事，对我有怨，但也不该迁怒别人吧？这件事，鹿唯完全是无辜的。”

曲旋薇挑起一边的眉毛，饶有兴味，最后竟忍不住咯咯地笑起来。

“我承认一开始我确实是有目的地接近鹿唯。但是……你想多了，我真没想过要报复谁，至于道具被调换，我可真的不知道。”

曲旋薇一脸无辜，但邵小野一个字也不信，只不过曲旋薇之所以死不认账，是她认定邵小野没有证据，而纪迦川既然已经认下，便不会将真相说出来。

至于，她为什么故意接近鹿唯。

视线对上了邵小野那张气鼓鼓的脸，曲旋薇努力压抑笑意：不可说，不可说……

“好了，你信也好，不信也罢！总之这件事已经过去，既然有人愿意承担一切，自然不会有人愿意再翻旧账。至于景行哥……”

粉嫩的指尖轻点着唇瓣，曲旋薇微微歪着头，笑得一脸纯真。

“我已经不再喜欢他了，我诚心祝福你们能够白头偕老。”

“哎，等等！”邵小野面对如此急转直下的剧情，有些消化不良，原本清晰明了的思路，瞬间被她不按套路的出牌给打乱，“你什么意思？”

听说曲旋薇苦追了纪景行长达五年之久，怎么可能这么轻易就放弃的？

“因为啊……”曲旋薇俏皮一笑，眼中光芒流转，“我有了新的目标了！”

当听到曲旋薇口中的那个答案时，邵小野的心里宛如十级海啸过境，满脑子都是“不是吧，不可能吧，我不信”等弹幕一串串滑过。

“你开玩笑的吧？”邵小野表情郁结，心中五味杂陈。

“是不是开玩笑，过段时间你就知道了。”曲旋薇回以妩媚一笑，留下了一个似是而非的答案。

3

和曲旎薇的那次谈话后，邵小野并没有因为自己知晓了所谓的真相而获得一丝欣喜，相反，她觉得自己像个自以为是的傻瓜，一步步地走入别人精心设计的圈套内，无能为力，无力反击。

而纪迦川一走，关于诅咒的流言便不攻自破，拍摄团队马上调整状态，迎接接下来的忙碌拍摄工作。

也许是那次午夜的舞蹈，也许是那次邵小野的宣誓打动了鹿唯，两个人之间的关系恢复如初。就连灵感之神也频频光顾，不仅让他顺利完成之前拖欠的连载，竟还有多余的精力和时间来筹备新的故事。

当然，这件事最开心的莫过于顾城了，他最近每天见人都露着他那一口整齐的大白牙，生怕别人不知道他人逢喜事精神爽。

没有了纪迦川这个混世魔王的干扰，拍摄终于能够有条不紊地进行下去，很快就进入了最后的杀青阶段。

杀青当晚，曹制片和汤导演包了当地一家最有名的酒吧开了庆功宴。鹿唯向来不喜欢这类的活动，一早就打算要拒绝，曹制片知晓鹿唯不好说话，便从邵小野身上入手，盛情难却之下，邵小野只得答应下来。

鹿唯见邵小野答应，自然不好说什么，算是默认邀请。

庆功宴当晚，曹制片与一位经纪人在酒吧门口寒暄，却见她双眼忽地一亮，捅了捅曹制片的手臂，语气中是按捺不住的兴奋："喂，三点钟方向的那个男生你觉得如何？"

曹制片顺着视线望去，入目的是一名身材高挑，穿着雾霾色长风衣的男生。见他不时地低头看着手表，似乎在等人的样子。略长的头发随意地扎了小髻，几缕鬓发随性地落在脸颊两侧，偶尔显露出让人颇为惊艳的侧颜。

"陌上人如玉啊……"经纪人忍不住啧啧称赞道，眼中是发现瑰宝的欣喜，她下意识地朝男生快步走去。

"你好，我是星邑传媒的公关部总监，这是我的名片。"

"我没兴趣。"她刚要将名片递出，男子想也不想地断然拒绝。

经纪人似有不甘，进一步游说道："曲旎薇，你应该知道，她就是我们公司旗下的艺人，最近还接演了触不到的……"

"她不是我心中小圆的最佳人选。"

男生的回答让经纪人微微一愣，一时不知要如何回答。晚一步来到他们身边的曹制片，仔细打量着眼前的男子，惊讶道："麓……麓微老师！"

经纪人宛如遭遇晴天霹雳般忍不住揉了揉眼睛，有些不可置信。

麓微平时非常低调，她也见过那么一两次，每次都是匆忙一瞥，也没给她留下什么深刻印象，但今天特意打扮过后，整个人的气质完全不同。

"见到小野了吗？"

鹿唯并不打算理会两个人的震惊，久久等不到回应，便兀自进了会所。

久经娱乐圈，阅美无数的曹制片也忍不住啧啧称赞道："这完全是随时能出道的条件啊！就这么窝在家里画漫画真是可惜了。"

才刚到包厢，鹿唯的目光就在房间内四处搜索，想要找寻某道熟悉的身影。

这套衣服自然是邵小野为他精心准备的，她却似乎还没出现，面对这样觥筹交错，人影憧憧的场合，鹿唯多少有些适应不良。

热络的曹制片想要为他引荐各个业界前辈，他却意兴阑珊，还好曲旎薇似乎看出了鹿唯的不自在，分外贴心地将他领到了角落处的沙发稍作休息。

曹制片和经纪人张姐见状，默契地交换了一个心领神会的眼神，没有再过多地为难这两名小年轻，给他们留下足够的空间。

"你今天的装扮很帅啊！"曲旎薇见鹿唯沉默不语，似乎处在神游状态，只得率先开口，打破安静，企图引起他的注意。

鹿唯拿起一罐汽水，不打算搭理她。

"你在想邵小野为什么还没出现对不对？"曲旎薇猜测着搭话。

握着杯子的尾指似乎微微颤抖了下，就连身体都僵了几秒，曲旎薇微微勾起一抹自信的笑：果然，邵小野就是鹿唯的软肋。

"没有。"

他闷闷地回答，下意识地挪动身子，同她保持一定的距离，实际上他现在恨不得将所有人都摈弃在十米外。

"你不用猜啦，邵小编去接景行哥了，所以才会迟到的。毕竟是女朋友嘛！"曲旎薇一边说着一边仔细观察鹿唯的表情变化。

"就算是再好的朋友也没有身为男朋友的景行哥重要啊！"她状似自言自语，实则不断地刺激着鹿唯。

鹿唯终于忍受不了，扭头狠狠地瞪着她，本就凉薄的嗓音因为不耐显得更加阴沉："你到底想说什么？"

曲旋薇似乎一直在等待这一时刻，她左右观望了下，确定附近没有人注意到他们两个人，这才开了口，表情是从未有过的认真：“我们第一次相遇，在海边的时候，你一副失魂落魄的模样，是不是……也因为邵小野？”

而曲旋薇顶着鹿唯骇人的目光，不怕死地冒出一句：“你喜欢邵小野对不对？”

“没有！”鹿唯矢口否认，就像一只被戳中心思而奓毛的小猫。

看到鹿唯的反应，曲旋薇笑得有些意味深长，似乎摸准了他的口是心非。

“真可怜啊……可惜，邵小野已经有了喜欢的人。看着他们俩出双入对，你心里难道没有一点儿不甘？”

“神经病！”鹿唯最后的耐心也在此刻消磨殆尽，他霍地起身，一刻也不想再待下去。

却不想曲旋薇一把拉住了他的手：“怎么？被我说中心事，恼羞成怒了？先别急着生气，我们做个交易如何？”

鹿唯没开口，却也没甩开曲旋薇离去。

见勾起鹿唯的好奇，曲旋薇趁热打铁道：“比如你可以跟我交往试试。”

“你真是病得不轻。”鹿唯轻笑，满眼讥讽。

“你的才情再加上我的美貌，简直就是天生一对，当然你的模样也是你的加分项，我也可以利用我的名气，提高你的知名度。和我交往才能够成功刺激邵小野他们，让他们明白，失去我们才是他们最大的失误！”

她自信地笑着，眼神清亮，似乎已经看到了美好的未来。

“曲旋薇，你是不是演戏演上瘾了，把戏外也当成剧本来安排了？你想当个演员和我没关系，但请别把我安排在你的剧目里。”

鹿唯最终甩开了曲旋薇的手，头也不回地朝门口走去，不想却迎面撞上了进来的两个人。

“鹿唯，你这是要去哪里？”邵小野熟悉的惊呼在身边响起。

他抬头目光刚好撞上了面露诧异的邵小野，以及身边的纪景行。原本就阴霾满布的俊容，此时更加风雨欲来。

而到嘴边的“回家”两个字，在看到纪景行略带挑衅的目光，硬生生地扭成了“厕所”。

曹制片这时急忙迎了上来，激动地同纪景行握手：“没想到，纪二少居然大驾光临，有失远迎。”

纪景行瞄了一眼身边的邵小野，笑容满面：“没办法，谁让小野在这儿。这段时间，辛苦你们了，拍摄还顺利吗？”

见纪景行和曹制片两个人相谈甚欢，邵小野自觉退开，将空间留给他们。

“邵小野，这边，这边。”不远处，曲旎薇热情地招呼着她。

而原本都快走到门口的鹿唯，远远地听见曲旎薇的声音，生怕她跟邵小野说些什么不该说的话，于是咬了咬牙，转身，也紧跟着坐在邵小野的身边。

看着去而复返的鹿唯，邵小野略显意外：“你不是说要去洗手间吗？”

4

“不想去了！”

鹿唯的语气不妙，邵小野虽然觉得古怪，但也没再多问，反倒是曲旎薇打趣着：“他哪里是要去厕所，就是故意防着我。”

“喀喀喀——”正在喝水的鹿唯，被她这么一说，惊得呛咳了起来，原本白皙的面容反而咳出几分红润的血色。

而邵小野察觉到两个人之间微妙的互动，一脸狐疑：自己究竟错过了什么？

在等待纪景行的时间，邵小野和曲旎薇有一搭没一搭地聊着天，鹿唯则坐在沙发上喝着冷饮，完全不想开口。

只不过，在和曲旎薇的聊天中，鹿唯注意到，邵小野每说一两句话，就下意识地轻咳几声，仔细这么一瞧，她的脸色似乎也不太好看。

“你怎么了？”鹿唯终于放下了饮料，转头询问。

“可能最近有点上火吧，总觉得喉咙不是很舒服。”她说着，下意识地摸了摸喉咙处。

鹿唯略略拧眉，面露担忧，他巡视桌上的饮料，最终目光锁定了一杯茶红色的饮料，上面还漂浮着几颗冰块和柠檬片。

“要不你喝这个吧？”他将杯子推到了邵小野的面前。

“这是什么？”邵小野好奇。

“长岛冰茶！”曲旎薇插嘴答了一句。

“应该是和柠檬红茶差不多的饮料，你喝这个喉咙会舒服一点。”鹿唯说。

曲旎薇听到这儿，表情略显微妙，但她只是眨巴了几下眼睛，什么也没说。

“哦！”邵小野点了点头，乖觉地拿起杯子啜饮了起来，冰凉中带点柠檬的微酸，似乎还混合着其他的什么味道，竟意外的爽口，她忍不住多喝了几口。

纪景行来到他们身边的时候，邵小野已将大半杯的长岛冰茶送入腹中，他忍不住讶异，笑着称赞道：“想不到你的酒量这么好。”

"嗯？"邵小野一时没能反应过来，有些莫名。

就在这时，房间的灯光一暗，原本嘈杂的人群，被这突然袭来的黑暗弄得一愣，下意识地停下了手中的动作，与此同时，舞台处响起了悠扬的钢琴曲，是首耳熟能详的生日快乐歌，一束灯光倏地打在了曲旎薇的身上，众人终于明白怎么回事，和着钢琴的曲调合唱起生日快乐歌。

一曲完毕，灯光亮起，帅气的钢琴手手持一束鲜艳红玫瑰下了舞台，面露微笑，递到曲旎薇的面前："曲小姐，生日快乐！"

紧接着，大家纷纷送上礼物祝贺，祝贺的声音几乎淹没了会场的音乐。

邵小野见状不免有些尴尬，对着身边的纪景行小声耳语道："今天是曲旎薇的生日，可我一点准备都没有啊。"

纪景行却笑了："没关系，我有准备就好。"

邵小野还没意识到话中的深意，一个五层高的生日蛋糕被服务员推到了曲旎薇面前，蛋糕是城堡的形状，正中央有一名头戴王冠的女孩坐在王座上，她身边站着三名年轻的勇士，单膝下跪，俯首称臣。

从城堡的护栏到内部的每一个人物的动作，都刻画得栩栩如生，可见蛋糕造价不菲。

曲旎薇显然也被这豪华的城堡蛋糕给惊艳到，双手不禁捂住惊讶的嘴。四周满是赞叹和羡慕的声音。

"这个蛋糕是纪景行先生送的，为了给您一个惊喜，可是专程从美国请名家打造，再连夜送过来，生怕错过您的生日。"服务员解释道。

曲旎薇面露惊喜，二话不说地投入纪景行的怀中，眼眶湿润，显然感动得不行："谢谢景行哥，我以为你有小野就忘了我……这个妹妹呢！"

她这话一出口，众人恍然，看来曲旎薇和纪景行两个人的交情不浅。

而在一旁暗喜的经纪人张姐急忙催促小助理拍照，以便编撰曲旎薇的身世，比如，名门贵族和纪家世代交好，因为热爱演戏而投入演艺圈等。

"能认识你这么可爱机灵的小妹妹，是我的荣幸。这个礼物是我和小野两个人准备的，你喜欢就好。"

纪景行安慰地拍了拍曲旎薇的肩膀，这才轻轻退后了几步，拉开一定的距离，语气温柔，眉眼温润如玉。

一时被推到最前的邵小野似乎有些措手不及，她睁着那双圆润而无辜的大眼，略显惊惶地环视众人，只得勉强扯着笑向曲旎薇祝贺。

经纪人拿出一个首饰盒打开，里面是一个同样精美的王冠，王冠上的碎钻在灯光下闪着夺目的光芒。

“这个是我和公司老总一起着手准备的，丫头，20岁啦，要从小公主蜕变成女王了！”

曲旎薇笑得眉眼弯弯，微微屈膝，连声道谢。

正准备给曲旎薇戴上王冠的张姐微微一顿，目光注意到了在人群中的鹿唯，她灵机一动，一把将鹿唯拉到了身边，将王冠塞到他的手上：“这么重要的时刻，当然是重要的人来帮你佩戴才合适，我们这些闲杂人等退下鼓掌就好。”

说着她第一个鼓起掌来，众人见状也都起哄地鼓起掌。鹿唯尴尬地拿着王冠，眼前的曲旎薇则微微仰起头，充满期待地望着他。

时间缓缓滑过，可鹿唯迟迟没有动作，她决定率先打破沉默。

“鹿唯，我们两个人相处的时间虽然不长，但在这短短的一个多月的时间里，也算共同经历了不少事……”说到这儿，她顿了顿目光瞥向了自己受过伤的手臂，“我知道你不善言辞，所以没关系，那我先表白也是一样的。”

“哇！”众人一片哗然，想不到曲旎薇竟如此大胆。

然而对于周遭探究的眼神，她丝毫不为所动，眉眼低垂，仿佛所有的注意力都在鹿唯身上。

“我知道这不仅是个礼物，我明白戴上这个意味着什么。欲戴王冠，必承其重，但比起摘得最佳女主角的那顶王冠，我只想做你的女王，我不需要多少人拥戴，对我俯首称臣，只希望你能成为独属于我一个人的不贰臣。一辈子，一心一意只对我一个人好！”

曲旎薇如此霸气的告白宣言无疑将今晚的杀青宴推向最高潮，大家纷纷被曲旎薇的真情流露感染，忍不住齐声呼喝着：“答应她，答应她，答应她！”

一时间，生日会竟变成了一场告白盛宴了。

按理说，鹿唯遇到这样众人推搡拥挤的状况，随时可能会病发，然而此刻他眉目低垂，一言不发，不知在想些什么。

而一旁的邵小野本应该时刻关注鹿唯的情况，可惜，她目前有些自顾不暇。

她先是感觉有点呼吸不畅，周围的人声渐渐变得震耳欲聋难以忍耐，似乎每一个人都拿着个喇叭在她的耳边吼叫，头顶不知为何天旋地转了起来，甚至她身边的纪景行都跟着地板转了起来。

# Chapter 6

# 关于他的救赎之路

1

“小野你还好吗？”纪景行最先发现了邵小野的不对劲。

“好晕。”邵小野迷迷糊糊地抬头瞄了纪景行一眼，略显苦恼地敲了敲脑袋，“我好像……有点头晕。”

话音刚落，她的身子一软，竟晕乎乎地倒了下来，纪景行眼疾手快地及时抱住她。

邵小野的晕倒，并未引起太多人的注意，于是纪景行便和身边的汤导演简单地交代了几句，便打横抱起了昏睡过去的邵小野，同众人道别。

鹿唯远远地望见纪景行抱着邵小野离去，不知发生了什么事，本想跟上去瞧瞧，却被一边起哄的人给拦住了去路。

“你要去哪里？”

“你还没答应呢！”

“是啊，你不会太害羞而临阵退缩了吧？旎薇家的小男友。”曹制片在说这些话的时候，还忍不住打了个酒嗝，同样与他勾肩搭背的几名酒友，听到此处，跟着哄堂大笑。

“让开！”

原本觥筹交错的欢愉场面，因为鹿唯的话而瞬间冷了下来，而醉醺醺的曹制片这才意识到了不对劲，微微一愣，堪堪止住了笑意。

“鹿唯？”曲旎薇下意识地想要去扯鹿唯的袖子，让他稍微注意点场合说话，能够出现在这庆功宴上的大都是有权有势的人，他可惹不起。

只是鹿唯显然并不打算把这一切考虑进去，他想也不想地挥开了她的手，不耐烦的脸色清楚地表达着他的不悦和怒火。

“你找错人了，我不会配合你演戏的！”他很是不耐地将手中的王冠丢在曲旎薇的怀中，“爱找谁戴找谁戴去！”

他的话依旧在大家的耳边飘荡，人却已拨开了重重的人群疾步朝门口而去，企图追上纪景行的步伐。

原本高涨的气氛在这一瞬间降至最低点，大家面面相觑，谁也不敢大声喧闹，只余下一两个好奇者窃窃耳语。

“什么情况啊？这是被拒绝了吗？”

“不会吧，他居然拒绝了曲旎薇，我还以为自个听错了呢！”

“这眼是得多瞎呀？居然连国民初恋都不要呢！”

“那……曲旎薇怎么办？”

“是啊，丢脸丢大了，在杀青宴和生日会上表白被拒啊。”

“这新闻绝对头条啊！”

而身为话题主角的曲旎薇，似乎并没有很伤心，她的目光一直追随着鹿唯的身影，直至消失，或许所有人都没料到，她此刻心里想的不过是——他的背影可真好看哪！

纪景行将昏睡中的邵小野小心地放在床铺上，这才揉捏着有些酸麻的手臂，邵小野不算矮，即便平时看起来瘦瘦弱弱的，但还是有一定的重量，好在醉酒的她像极了一只乖巧的猫咪，就这么窝在自己的臂弯中，恬静地睡着，只是看着这样的睡颜，便觉得触动了心中的一片柔软。

她的脸蛋水嫩，阖上眼睛的睫毛并不太长却是少有的茂密卷翘，他记得拥有这双眼睛的主人有多灵动。

邵小野不属于第一眼美女，却意外地耐看，属于越看越欢喜的女孩。

尤其是那双眼睛仿佛装载着主人一部分有趣的灵魂，只是这么望着，就会忍不住被吸引。

这时，那双眼睛竟在他的注视下“唰”地睁开了，这是他第一次偷看女生，还被对方抓了个正着。

纪景行第一次感觉到了些许不知所措，以为她这么快就酒醒了，只是她的眼睛水润而又迷离，脸上那两抹酡红显出主人此刻的状态。

“你还好吗？要不要给你拿点水？”

纪景行坐在床边，将浸了温水的毛巾轻轻地搭在了邵小野的额头上。连他自个都没发觉，他竟刻意压低嗓音，柔声询问，生怕吓到了这只刚睡醒的小兔。

邵小野慢慢地摇了摇头，就这么紧紧地盯着他，头顶的灯光映入她的眸子里，泛着莹莹的光泽，好似里面装着浩瀚星辰般。

“那你要不要再睡会儿？”他轻声提议。

谁知邵小野伸出细长的手臂，圈住了他的腰际，小脸蛋还满足地在上面蹭了蹭。刚醒来的嗓音显得软糯磁性：“我要妈妈抱抱才能睡！”

说到这句，她甚至下意识地收紧手臂的力度，生怕怀中的人儿就这么消失。

纪景行先是一愣，继而听清了她话中的意思，终是没能忍住笑意，他并不恼怒邵小野酒醉将自己错认成自己的母亲，只是想不到原来那个看起来无所不能、勇往直前的女孩原来也有脆弱，想要撒娇的那一面。

他是多多少少知晓邵小野的家庭状况的，也明白她的母亲常年出国不在身边，即便她嘴上不说，但内心还是渴望得到那一份来自母亲的宠爱和包容。

是啊，无论多大，在家人面前，谁还不是个宝宝呢？

“你在做什么？”一道不悦的低喝分外煞风景地炸开，破坏了静谧美好的气氛。因为酒精的催发邵小野已然沉沉睡去，并未被这一意外给惊扰。

鹿唯担心邵小野的状况，几乎是马不停蹄地一路狂奔回她所在的酒店，却不想偏偏撞见了现在这刺眼的一幕。

纪景行轻轻地松开了邵小野，并且细心地将被子掖在她的肩膀下，确定她已然沉沉睡去，不会被任何声响惊扰到，这才转身面对鹿唯。

“你这个浑蛋，你到底对邵小野做了什么？”鹿唯气愤不过，举手朝纪景行的方向挥去一拳。

只不过，这一次，纪景行没打算再乖乖挨打，反而轻松避开了对方的攻击，反手给了对方一拳，鹿唯就这么被他轻松地撂倒，打趴在地。

鹿唯跌坐在地面上，嘴角破裂，微微渗血，看来这一记勾拳，纪景行没有手软。面对常年运动的纪景行，鹿唯显然不是对手。但他不甘心，爬起来继续朝纪景行挥拳，他的拳头凌乱而无力，看起来像个拼命维护自尊的小丑。

纪景行则一改之前的温文尔雅，面带嘲讽地躲避着对方的拳头，并且不时给对方一记回拳。鹿唯被打得狼狈至极毫无还手之力。

再一次摔倒的鹿唯喘着粗气，苍白的脸色连带唇瓣都有些煞白，好似随时都会晕过去一般。

“我说过，离邵小野远一点。”

“哈哈！”纪景行好似听到一个天大的笑话，忍不住哈哈大笑起来，“远一点？你别忘了，邵小野现在是我的女朋友。”

“你不配！”

不知为何，鹿唯对纪景行就是没有好感，不仅仅是因为邵小野的关系，而是纪景行给他的感觉总是不太舒服，即便外界对他的风评再好，他就是坚定地认为邵小野不能和纪景行在一起。

邵小野和谁都可以，不是他……也可以！就是纪景行不行！

“难道，你就适合？别说你不适合和邵小野在一起，你根本就不配得到幸福，你这个杀人犯！”

## Chapter 6 关于他的救赎之路

### 2

“杀人犯！”三个字仿佛被延时播放了般，在鹿唯的耳中一点点炸开。

“你……你什么意思？”

鹿唯突然记起，早前在邵社长家签约的时候，纪景行曾在车上同他说过的几句话。

“好可惜啊，你以前不是很喜欢薄荷味的吗？”

“如果你将曾经关于我的记忆删除，那么我没有义务和责任来为你解答。”

一想到这儿，鹿唯突然变得有些惊慌无措，甚至有些粗鲁地上前抓紧他的领口：“你……究竟是谁？”

这一次纪景行不再隐瞒，将他们的过去，那个不忍回忆的过去暴露在眼前。

“谁？你难道忘记了十一年前那个和你从小一块长大，最后却因你而惨死的发小徐知恩吗？”

这一句像一把尖刀插进胸口，这是他最忌讳最不愿触及的痛楚。他捂住胸口，感觉自己简直要喘不过气来。

过去的痛苦记忆被他关进心中最角落的箱子里，不敢碰触，不敢走近，如今就这样被他硬生生撕开，那一幕幕的画面像是凌迟一般一点点消磨着他的意识，将他努力了十多年建立的壁垒瞬间击垮，最终只剩下黯淡的灰烬飘荡着。

“你好，我今天刚搬进来住在你们隔壁，我叫徐知恩，知遇之恩的知恩，别看我的名字有点娘，我可是铁铮铮的汉子。”

“暖暖快跑，千万别被他们抓到。”

“暖暖别回头，不管听到什么声音都不要回头……”

“啊——暖暖，好疼啊，暖暖，我好疼！”

“暖暖，救我，快救救我！”

“暖暖！”

鹿唯紧紧捂着耳朵，男孩那歇斯底里的痛苦呼唤仿佛就在耳边，已经深入骨髓，流淌在血液里面，怎么也抹杀不掉。

“哇！”也许是痛到了极致，他觉得胸口闷疼得厉害，最终喉头一甜，竟吐出一口鲜血。

纪景行双手环胸冷眼旁观这一切的发生，残忍地对鹿唯的惨状不予理会。

吐了一口血后的鹿唯，似乎感觉好多了，他慢慢站了起来，双眼无神地环顾四周，似乎在找寻着什么，却又好像什么都没看见。

原本清冷透彻的眼瞳竟找不到一点焦距，仿佛整个灵魂都被掏空了般，如今只剩下

一副皮囊在行走着。

鹿唯只是望了这么一眼，便默默地离开了，没有一句解释，更没有任何停留。

见他失魂落魄地离开，纪景行只觉得有些奇怪，但也没有太在意，转身仔细为邵小野整理被子，见她没有太多的不适，便也离开了。

冬日里纯净的阳光温柔地抚在邵小野的脸上，卷翘的睫毛微微颤抖，轻轻地睁开了眼。被暖阳晒得暖烘烘的她满足地伸了个懒腰，这才发觉大脑好似被装进了半斤糨糊般，昏沉沉的。

她晚半拍地反应过来：昨晚发生了什么事？

敲了敲脑袋，似乎想要将昨晚的记忆一并敲醒，却怎么也记不起昨天自己究竟是怎么回到房间内的。

礼貌的敲门声响起，邵小野走过去打开门，门口的纪景行端着一杯热茶对她微微一笑："醒了？"

邵小野微微一愣，终于回忆起，昨日自己和纪景行一同参加了曲旎薇的生日会。

见纪景行一直戳在门口，她便简单地问了声早，自觉地让开了身子。

纪景行进了门，环顾四周，最终将杯子放在了书桌上，继而扬起温柔的嘴角："我跟酒店客服要了杯解酒茶，你喝下后会舒服点。"

"解酒茶？我什么时候喝……"邵小野苦恼地搔了搔脑袋，这才猛然想起了之前喝的那杯"加料"的饮料，忍不住懊恼地嘀咕着，"鹿唯那个笨蛋，居然说那是冰红茶。"

邵小野捧着解酒茶，吹了吹上面氤氲的热气，这才小心地啜了一口，烫得她好一阵龇牙咧嘴。

"小心点。我来吧！"纪景行细心地递给她一张纸巾，并接过那杯解酒茶，仔细吹凉。

邵小野颇为不好意思地道了声谢，这才询问关于昨日生日会的后续。

不知道鹿唯最后有没有答应曲旎薇的表白……

"昨晚，你一醉倒，我就提前扶你回酒店休息了，所以……也不是太清楚。"

他低垂着眼，吹拂的动作微微一僵，没有太多情绪地回应道。

蒸腾起的朦胧水雾，让他的容颜有些看不真切。

敲门声再次响起，门关得并不严实。因此，敲门的动作拉开了些许门缝。

汤菲儿就站在门口好奇地往里探，目光撞到了房间里的两个人微微一愣，慢半拍地问："没打扰到你们吧？"

"怎么了？"邵小野抬头问。

"哦，拍摄团队正在陆续撤离，问你们要不要一块走。"汤菲儿回答。

这座小岛一天只有一班往返的邮轮，错过这个时间，就只能等到明天再回去。

"那我去叫下鹿唯好了，他最近似乎在创作新的作品，经常赶稿到凌晨。"

邵小野正要起身，汤菲儿却面露为难地拦住了她："我已经去过麓微老师的房间，但里面好像没人，而且……"

汤菲儿断断续续地为邵小野描述，她和纪景行两人离开后没多久，鹿唯也离开了酒吧，至于最后是回酒店还是去了其他地方便不太清楚。

内心涌起不祥的预感，邵小野转身便朝鹿唯的房间跑去，纪景行见邵小野态度丕变不明所以，便跟着她一块来到了鹿唯的房间。

房间内依旧保持着昨日鹿唯离开前的模样，被单整齐地铺在床铺上，连一丝折痕都没有，显示着主人昨晚彻夜未归。

纪景行第一次见到邵小野如此紧张，他刚想询问怎么回事，但是邵小野却没有理他，而是转身直接冲出了房间。

她将酒店上上下下所有可能躲藏的地方找了个遍，甚至跑去了海边、电影院、街道上，就连那次肆意跳舞的僻静小路，她也不放过，却仍旧没有看到鹿唯的身影，他就像是突然人间蒸发了一般。

暮色已至，夕阳的浅淡余晖斜斜地洒了下来，笼罩在两个人身上，将地上的两道影子拉得虚长，从山的那头传来的风声冰凉地描绘着邵小野愈发落寞的轮廓，她几乎无意识地望着远方的景色出神：沿着山坡一点点消失的落日，以及不远处几个矫捷掠影闪过。

连倦鸟都懂得归巢，鹿唯却不记得如何回家。

虽然白天这里的气候还算宜人，一旦夕阳落下，独属寒冬的特征还是被迅速唤醒，邵小野忍不住打了个喷嚏。

"该死，他在这个地方人生地不熟，到底会去哪里？"

她揉了揉有些冻僵的鼻子，变得有些焦躁，甚至习惯性地咬着手指甲来缓解这份不安带来的胡思乱想。

她问过酒店的客服，鹿唯昨晚确实回过酒店，只是没过一会儿又出去了，虽然状态看起来似乎不太对劲，但那时候客服正在忙碌，所以也没太在意。

"太晚了，我们先回去吧。"陪着邵小野找了一整天的纪景行，望了眼天色，提议道。

“没事，你先回去吧，我再去找找，一定还有什么地方被我忽略了。”

她转身便走，却被纪景行一把拉住，如今邵小野仿如魔怔的样子，让他有些恼了：“鹿唯他已经不是个小孩了，自然懂得如何回来，懂得如何照顾自己。”

“不是，你不懂，他不能一个人待着，一个人待着的话很危险的。”邵小野回答得有些语无伦次。

3

“你这话是什么意思？”纪景行皱眉。

邵小野头痛地揉了揉太阳穴，无奈地摆了摆手表示没什么，想要略过这个话题，却撞到纪景行坚持的目光。

两人就这样僵持了好一会儿，最后邵小野败下阵来坦白道：“鹿唯好像小时候遭遇了一些不好的事情，精神受过重创，患有科塔尔综合征。”

面对纪景行疑惑的目光，她仔细解释着：“这类疾病也叫作行尸综合征，一旦病发，就会否定自己的存在，以为自己已经死掉，甚至会做出伤害自己的举动。”

脑海中似有一道信息忽地炸开，俊逸的面容残留着信息轰炸后的震惊。

但很快地，纪景行就恢复了平静：“就算是这样，我还是建议先回去。也许在我们外出寻找的这段时间，鹿唯已经先回酒店了也不一定。像这样无头苍蝇一般乱撞，未必有效果。”

邵小野知道，纪景行的这个猜测发生的可能性并不高，她再次望了眼越渐昏暗的天色，便不再坚持，两个人决定先回酒店再作打算。

“你一整天没吃东西了，我一会儿让服务员准备点吃的给你……”路上，纪景行絮絮叨叨地说着，见邵小野心不在焉，便默默地闭上了嘴。

回到酒店，纪景行在前台办理续房的手续，而邵小野则存着微小的希望，一路小跑，朝鹿唯的房间靠近。

她从没像现在这般迫切，她恨不得一开门便瞧见鹿唯伏案画稿的模样，即便仍旧改不了被她唠叨了无数次的驼背姿势。

不远处，她见到鹿唯的房间门虚掩着，微弱的灯光透过缝隙倾泻而出。

他真的回来了？

邵小野心中一喜，加快了脚步，就在她推开房间门的时候，却和迎面的人撞了个满怀。

“哗啦！”对方手中的画稿洒了一地。

邵小野被撞得不轻，退了好几步，才勉强稳住了平衡，她瞧见对方的模样，显然有些意外：“夏凉，你怎么会在这儿？”

夏凉似乎也被此刻出现的邵小野给吓到，水灵灵的大眼闪过一丝惊惶，她即刻低头，手忙脚乱地捡起地上的画稿。

“我……我来找麓微老师，想跟他道歉，门没锁，可是……老师好像并不在房间里。”夏凉将画稿抱在怀里，站了起来，低着脑袋小心翼翼地回答。

“那件事，并不是你的错。”邵小野记起，她说的是之前向鹿唯请教作品却被拒绝的事。

夏凉将手中的画稿抱得更紧了，眼眸低垂，目光一直落在自己的鞋子上，嘴巴却张张合合，仿佛机械一般：“老师说我不好，就是我错了。”

她转身便走，似乎并不打算给邵小野反应的时间。

邵小野本想叫住她，无奈她性格看起来怯怯懦懦的，逃跑速度倒挺快，一溜烟便不见了踪影。她没有太过在意，而是径直进了鹿唯的房间，房间内仍旧保持着早上见着时的模样。

她来到书桌前，温柔的灯光下，她仿佛看到鹿唯重新回到了桌前，仔细绘着画稿，擦拭着上面凌乱的线条……

几乎是无意识地，邵小野恍然地伸出了手朝他靠近，掌心却只能捕捉到冰凉的空气，鹿唯的身影好似泡沫一般迅速地涣散，渐渐消失，直至和眼前的空气融为一体。

按在桌上的五指，收紧成拳，指尖扎疼了掌心的血肉，却毫无知觉。

滴答！

一刻泪珠滚落在画稿上溅出一朵湿润的水花印子，邵小野的脸上平静无波，只是左脸挂着一条淡淡的水痕。

“都怪你啦，大冬天的非要跑到山里看什么流星雨，冻死我了。”走廊响起一名女子的抱怨声。

紧接着是两人不紧不慢的脚步声。

“山上多少都会有点冷的，刚才不是让你去前面的木屋里躲躲你又不愿意。”男生显然也有些不耐烦地解释着。

“你还敢说那鬼屋，你没看到那个一闪而过的鬼影吗？”女孩似乎想到了什么，下意识地打了个寒战，声音中充满胆怯，显然仍旧有些心有余悸。

“哈哈，那是你眼花看错了吧？世界上哪有鬼啊。”

“哼，现在你跟我大谈无神论了？刚才不知道是哪个胆小鬼叫得比我还大声，跑得比我还快。”

邵小野心下一动，转身出了房间。

漆黑浓稠的夜没有一丝光亮，周围仿佛被黑暗吞噬了一般，只余下手机那一缕微弱的灯光照射着眼前不过方寸的土地，枯草软绵，邵小野深一脚浅一脚地摸黑前行，空气中弥漫着一股潮湿冰冷的气息，她顾不上害怕，脚下越走越快，很快就找到了那对情侣口中所说的小木屋。

木屋周围杂草丛生，看起来似乎已荒废了许久，在这样的环境下，说不害怕是骗人的，邵小野只得强忍着内心的恐惧，硬着头皮推开了那扇布满灰尘的木门。

“吱呀——”

厚重的门扉发出嘶哑的声响，好似一名行将就木的老人卡了一口陈年老痰，刺耳得让人手臂都泛起一片鸡皮疙瘩。

邵小野手机的光线只敢照亮脚下的一小块地板，她不敢将光柱投注在太远的地方，生怕自己看到什么不该看的东西。

“鹿唯，鹿唯你在吗？”邵小野小声呼唤着，生怕惊扰了山中的生灵。

回应她的却只有一室清冷。

手机投射出的光源绕着屋子转了一圈，始终没能找到电灯的开关，最后只在布满灰尘的桌面上找着了一盏老旧的煤油灯，旁边则是火柴盒。但也许是太久没用了，两样皆盖着厚厚的灰尘。

邵小野稍微整理了下桌面，尝试着擦亮火柴，火柴受了潮，试了好几根才勉强点燃了灯芯，豆大的光晕为这间阴森的小木屋增添些许光芒和温暖。虽然光线不强，但聊胜于无。

有了这一点光亮的加持，邵小野颤抖的小心脏终于得到些许安慰，她环顾四周，小小的木屋一眼望到了头。木屋内放着大大小小的各种木质的箱子和桌椅，还有不少的工具，看起来这里似乎曾是木匠的临时居所。

目光无意中撞上了角落边躺着的长方形木箱子，木箱大约有冰箱的大小，制作十分粗糙，显然尚未成型，猛地一瞧，竟有点像一口棺材。

邵小野被自己内心的想法给吓到，急忙甩去这个可怕的念头，身体却忍不住朝那个木箱子靠近。

“鹿唯，你在里面吗？在里面的话，麻烦应个声。”她慢慢走近那木箱，不死心地轻轻呼唤。

她将油灯放到一旁，挽起袖子准备推开这个木箱，箱盖并没有意料中的那般沉重，只不过边缘并未被磨平，因此颇费了一些劲。

果然是鹿唯！

他静静地躺在箱子里，皮肤在烛光的映衬下有一种别样的透明质感，他双眼微合，整个人如同一幅沉寂多年的画卷，一笔一画勾勒精致。不知他何时会醒来，抑或一径沉睡下去，便不复苏醒。

邵小野脑海中在想这些乱七八糟的时候，鹿唯却蓦地睁开了眼，对上了她的目光。

“鹿唯，原来你在这儿啊，我们找了你老半天，怎么躲在……”

见到鹿唯的那一刻，邵小野先是一喜，然后开始噼里啪啦地同他大倒苦水，说着说着，她默默地闭了嘴，眼前的鹿唯似乎不太对劲。

4

“鹿唯，你……还好吗？”

她小心翼翼地戳了戳对方的手臂，躺在箱子中的人睫毛微微颤抖了下，那双毫无焦距的黑眸如同一湾深不见底的死水般，死寂得让人绝望。

一种强大的恐慌倏地抓紧了邵小野的小心脏，她知晓鹿唯又发病了，只是这次她感觉和之前的几次有很大的不同。

“你……是谁？”

仿佛经历了半个世纪的等待，鹿唯这才有所知觉地开了口，低哑的嗓音，沉重而又缓慢的语调，如同一个即将报废的机器。

“鹿唯，别跟我开玩笑，玩失忆呢？还是想要继续搜集漫画灵感？现在可不是好时候，你先跟我出来好不好？”

说着邵小野作势要将他拉出木箱。

可当她触到了鹿唯手臂时，却摸到异样的黏稠感。

他的手臂上竟有一道不小的伤口，不知是怎么造成的，如今还在潺潺地流着血，大半的手臂都被鲜血浸湿，看起来颇为触目惊心。

邵小野倒吸一口冷气，急忙从背包里掏出药箱为他简单地包扎了伤口。

邵小野焦急：“你这伤口是什么时候弄的？这么久了，你都不觉得疼吗？”

鹿唯没有回答她，只是怔怔地望着眼前喋喋不休的女孩。

下一刻，他轻扯了下手臂，拒绝了她的好心，低头望着眼前流血的手臂，他略显粗鲁地用另一只袖子蹭了蹭。

作为旁观者的邵小野，看着这伤口都觉得头皮一阵发麻。然而鹿唯仿佛失去了痛觉一般，没有太多的反应。

“不行，一会儿下山，你得去医院看看，这里这么脏，伤口很容易感染的。”邵小野仔细叮嘱，加快了手中包扎的速度。

“活人……不应该出现在这儿的。”鹿唯盯着眼前的少女，眼底闪过一丝茫然，缓缓开口。

手中的动作一顿，她终于明白到底是哪里不同，这一次发病的鹿唯居然能够看得到她，听得到她说的话。

前几次发病时，鹿唯完全无视身边的一切人、事、物。

但……邵小野觉得这并不是个好征兆。

“你口中的‘这里’……是指哪里？”邵小野顺着他的话，小心翼翼地问。

“地下的世界。”

“那……”她斟酌片刻，再次开口，“我带你回去好不好？”

“回去哪里？”

“自然是属于我们活人的世界。”

又是长久的让人窒息的沉默。

最终，鹿唯摇了摇头拒绝了她的提议：“你和我已经不是同一个世界的人了。你回去吧，再晚了，你也回不去了。”

他说完，作势要盖上被挪到一边的箱盖，邵小野急忙伸手卡住木盖，面露焦急：“为什么我们就不是同一个世界的人呢？”

鹿唯看了她一眼，猛地攥紧她的手腕。邵小野吃痛，条件反射地缩回了手臂。

“你干吗？”

“你会痛。但是，我不会。”他一字一顿地说着，继而目光示意自己受伤的那只手臂。

邵小野眉心微微拧起，仔细观察鹿唯的异样，好一会儿，她似乎想起了什么，伸手探向了他的额头，温度格外地烫人。

“你发烧了。”她惊呼。

“我不过是受到地狱火焰的炙烤，这是罪与罚。”

“这么冷的天气……不行，你得赶紧和我一块离开。”

说着她便拉着鹿唯想往外走，而这次他没有太多拒绝，宛如扯线木偶般被邵小野推搡着，步出了木箱子。

只是刚走了几步，他的注意力突然被桌上的那盏煤油灯给吸引住。

眼皮几乎在一瞬间猛地一抽，瞳孔剧烈瑟缩，不一会儿，竟开始全身发抖抽搐了起来。

就在邵小野不注意之时，他突然发狂般低吼了声，挥手将桌上的煤油灯打翻在地。

清脆的碎裂声伴随着灯盏内的煤油泄出，即便是豆大的小火苗在遇到油的那一刻，也瞬间蔓延成了熊熊火焰，屋内大部分陈列的都是木制品，即刻间就会成为火灾的帮凶，引火而上。

邵小野怎么也没想到鹿唯会有这样突如其来的举动。但此刻容不得她惊讶，一只手捂住口鼻，另一只手紧紧拉着鹿唯，想尽快离开这里。

只是身边的鹿唯却纹丝不动，他似乎看到了极为恐怖的东西，抖着毫无血色的唇瓣，一步步后退，喃喃自语："为什么……为什么……"

"鹿唯，你还愣着干什么？着火了，快走吧！"

受潮的木头一旦燃烧起来，便涌出大量的浓烟，呛得她眼泪直流，喉咙涩涩地疼，好一阵咳嗽。

"不，不，我不能走的。"

鹿唯拼命地摇着头，甚至最后竟瑟缩地躲在角落里，他双手捂着耳朵，似乎听到了什么声音，只差将整个脑袋埋进身体里。

屋子里的火很快就要蔓延到门口，可是鹿唯还是不愿离开，如果逃生的出路被火势堵住，那他们估计都要埋葬在这了。

"鹿唯，鹿唯，你听我说好吗？我们必须离开这里……"

邵小野强迫自己耐下性子，再次尝试着和鹿唯沟通。

他猛地抬起头，朝火焰燃烧得最汹涌的地方望去，似乎看到了什么可怕的东西。

"他来了，他来了。"

"谁来了？"邵小野顺着他的目光望去，除了熊熊的火焰什么也没看到，但她没时间思考话中的深意了，她尝试着想将他拽起，"总之，你先跟我走好不好？我们不能在这多待了。"

不管他看到了什么，现在逃命要紧。

鹿唯却再次推开了邵小野，目光死死地盯着角落，甚至一步步靠近："不行，我不能走，我不能抛下他，我不能留下他一个人的。"

"鹿唯，麻烦你能不能清醒点，那里根本什么人都没有。"邵小野死死抱住他的腰，低声咆哮着。

“没有……”她感觉怀中的身体明显一震，抬头，鹿唯的眼里一片死灰，口中喃喃自语，“没有了……不，不对！阿恩还在那，还等我去救他，阿恩，等等我。”

鹿唯开始剧烈地挣扎起来，眼见就要挣脱开邵小野，却不想在最后当口，她把心一横，甩手就给了对方一个巴掌。

啪！

巴掌声在屋子内显得格外刺耳，鹿唯终于因为这个巴掌而愣住，止住了疯狂的动作，愣怔怔地盯着她。

“你看着我！”

她两手紧紧抓着鹿唯的手臂，强忍住浓烟带来的不适，一字一顿地说：“鹿唯，不管你听不听得见，你都好好看着我。麻烦你看清楚现在这个世界，这不是什么地下世界，也不是你回忆里的世界，而是真实的世界，而我邵小野现在就活在你的世界里，不管过去发生了什么，现在你只有一个选择，就是跟我走，立刻马上！”

她转头，拉着鹿唯，一步一步地朝门外走去，这一次，他没有太多的挣扎，竟亦步亦趋地跟在她身后。

# Chapter 7

# 初次见面，我是陆向暖

1

庆幸的是，在大火烧毁整座木屋之前，两个人还是成功地逃了出来。

“那个……”一直被邵小野拉着往前走的鹿唯，犹豫着想回头。

“不准回头。”背后似乎长了双眼睛似的，邵小野竟率先喝止了他的动作，脚下的步伐却不停歇，“千万不能回头，跟着我，我不会丢下你一个人的。”

鹿唯盯着眼前瘦小的身影，双眼突然感觉一片迷蒙，似乎眼前娇小的身影变了模样，变成记忆中那个熟悉的少年的背影，同他讲着一模一样的话语。

眼里有了柔意，他几乎是下意识地呢喃着：“阿恩！”

你回来了吗？

真好！

然而，邵小野不敢有一丝松懈，她的手机落在小木屋里，连唯一的照明工具都丢失，眼前一片漆黑，夜空连一点月光都吝啬给予，她只能摸索着前进，并且还得时不时警惕身后那个随时都有可能做出惊人举动的鹿唯。

在夜里赶路真不是件容易的事，不知过了多久，她隐约瞧见了不远处的点点灯光，说明已经离市区越来越近了，她才刚要松一口气。

却不想一脚踩空，两个人竟一块滚了下去，还好山坡并不太陡，摔在平地上的两人，并没有受太严重的外伤。

邵小野躺在平地上，拼命喘息着，全身酸痛得厉害，身上再也使不出一点力气了。

最终，她彻底放弃挣扎，头一歪，竟昏了过去。

邵小野醒来的时候，人已经躺在医院的病床上，纪景行则守在她的身边。

她刚想起身，却发觉全身软绵无力，没有一处不疼，纪景行见状急忙小心地扶起了她。

“我……”她才想开口，却发现自己只要一发声喉咙便觉得刺痛难忍，而发出的声音也嘶哑刺耳。

“你吸了一些烟，扁桃体有些发炎，休养几天就好了。”纪景行解释。

邵小野点了点头，用唇语道了声谢谢。

“你不应该跟我道谢，我觉得你更应同我说抱歉才对。”纪景行板起脸孔，佯装生气，“你应该没忘记，你昨晚闷声不吭独自上山，你确定真把我当朋友了？”

这个……事急从权。

邵小野调皮地吐了个舌头，表示歉意。

"还有……鹿唯他……"纪景行本还想询问关于鹿唯病症的一些细节，但看到了邵小野虚弱的模样，也只能撇了撇嘴，"算了。"

"少爷，少爷……"

伴随着纷杂的脚步声，顾城的嗓门在狭长的医院楼道，被放大了无数倍。

邵小野从未见过如此惊恐的顾城，她轻蹙眉头，将食指放在嘴唇上做了噤声的动作，在手机上打出一排字，显示给他看："我没事，很好！不用大惊小怪。"

"不是，我跟你说……"顾城激动地指着门口，好似发生了一件了不得的事。

然而，好一会儿，他才反应过来，猛地回头死死盯着邵小野："什么情况？你哑了吗？"

"前阵子眼睛才刚好一些，现在嗓子又出毛病了，你啊，早晚被鹿唯折腾得身体出现残缺……"

顾城一见到邵小野如今的样子，顿时心疼不已。

"我没哑，让你失望了。"邵小野无奈，只能扯着公鸭嗓回答道。

"哎哟喂，你这嗓音，干脆别说话了。"

顾城急忙揉搓了下手臂上集体冒出抗议的鸡皮疙瘩，那嗓音就像指甲刮过玻璃一般，听得都难受。

"所以，你一大清早咋咋呼呼的就是因为这事？"邵小野再次无奈地翻了个白眼，打了一排字上去。

顾城这才惊觉自个差点把正事给忘了："不是！是鹿唯出事了。"

他这话一出口，纪景行和邵小野不约而同地瞪大了双眼。

邵小野太阳穴的位置正隐隐作痛：这鹿唯折腾人的频率都快赶上纪迦川了。

当他们一席人来到鹿唯的病房门口时，她忍不住揉了揉自个的眼睛，不敢相信眼前发生的一切。

"这谁？"邵小野忍不住指了指在病床上笑得见牙不见眼的家伙。

"鹿唯啊！"顾城眼神古怪地睨视着邵小野，"这不是明知故问吗？"

"不是，这个鹿唯，他……"

"哈哈哈，帅哥你实在是太可爱了。"此刻护士竟被鹿唯逗得捂嘴咯咯直笑，邵小野扭头看向身边的顾城，顾城则一脸无奈地点了点头，两人在对方的眼神中，皆捕捉到了一股复杂的深意。

是的，如今的鹿唯，很难用语言来形容。

两个人正不知要如何同现在的鹿唯打招呼时，纪景行竟率先越过他俩，进了房间。

“鹿唯，还记得我吗？”纪景行站定在鹿唯面前，他在问这句话的时候，探究的视线却从未离开对方身上。

鹿唯的眼里先是闪过一丝茫然，继而歪着脑袋仔细端详眼前高大的男子，小鹿般的双眸一瞬被点亮，他再次笑弯了眉眼，展开双臂，对着纪景行就是一个大大的熊抱：“阿恩，哎呀！好久不见，欢迎归来！”

“阿恩？”一直戳在门口的邵小野和顾城两个人忍不住面面相觑，并同时莫名地摇了摇头，证明他们都不认识这么一号人物。

不知是从未和男生有过这般亲密的接触，还是因为对方是鹿唯，纪景行的脸色一下子变了，整个人僵在当场。

他急忙推开了对方，从容和自信在他的脸上土崩瓦解，取而代之的是绷得铁青的面容。

“什么阿恩？你在胡说八道什么？”

他面露怒意，全身绷得紧紧的，眼里是藏不住的恐慌，仿佛所有的伪装在下一刻就要分崩离析了般。

“你不是阿恩吗？”面对纪景行没来由的愤怒，鹿唯眨巴了两下眼略显困惑，继而再次笑了开来，轻捶下对方的胸口，“哎呀，别闹了。真是的，我们都多久没见，你还是这么爱开玩笑。在美国的生活如何？训练是不是很辛苦？看你健壮了不少。”

说着，鹿唯竟上手捏了捏纪景行手臂上的肌肉，并忍不住啧啧赞叹了起来。

见证这一切发生的邵小野早就被惊得合不上嘴，大脑根本跟不上如今骤变的节奏：现在什么情况，鹿唯居然在夸纪景行？

身边同样震惊的顾城凑到小野耳边小声询问：“这家伙是失忆了还是人格分裂啊？”

不管顾城的想法多么异想天开，她唯一能给的答复只剩下茫然地摇头。

连她现在都有点摸不清，眼前的鹿唯究竟还是不是她所认识的那个鹿唯了。

这一次，纪景行连解释都觉得费劲，直接推开了他，一声不吭，径直离开了病房，仿佛在躲避什么可怕的病毒一般。

鹿唯感到有些莫名，正想追上对方，这才注意到了一直在门口站着的邵小野和顾城两人。

“你们是……谁？”鹿唯一脸困惑地瞅着他们。

“你看，我就说，他失忆了吧。”顾城摇头懊恼道。

## 2

邵小野不相信，朝鹿唯走近，为了保护喉咙，她悄声问：“你真的……不记得我了？”

“难道……”鹿唯反复打量着眼前的邵小野，似乎又想起了些什么。

“嗯嗯。”见他似乎有想起来的可能，邵小野兴奋地点了点头：看来，失忆得还不是太严重。

“你是我的女儿吗？”他不甚确定地猜测。

“哈？”在一旁的顾城很不厚道地笑了。

“喂，你别趁着失忆，故意占我便宜。”邵小野不悦地嘟囔着，还不忘朝一边努力憋笑的顾城甩了一记眼刀。

生怕邵小野用眼神将自个凌迟了，顾城急忙咳嗽了两声，恢复正经神态：“那你还记得你自己是谁吗？”

“我是谁？”鹿唯狐疑，重复了一遍顾城的话，似乎觉得眼前的男子问了一个愚蠢至极的问题。

“我当然是……陆向暖啊！”

“什么？”顾成和邵小野现在彻底的风中凌乱了。

因为身体检查结果并没有什么太大的问题，鹿唯没几天便出院了。只不过以他现在的状态，连载漫画是不太可能了。

顾城不得不再次停载了鹿唯的漫画。

经过多番商量之后，他们决定让鹿唯重新搬回学校的公寓。那里地处偏僻，少有人烟，还是挺适合养病的。

公寓一共七层，每层共用一个厨房和大厅，房间都自带浴室，每层楼层的转角口都设置一道铁闸门，舍监会在早晚九点巡视一遍。住在这里的学生，大都零散分布在各个不同的方位，因此只有这个公寓没有特别限制男女生之间需要刻意分隔开不同的楼层。

好在邵小野早前拜托顾城请人帮忙打扫了房间，鹿唯可直接拎包入住。顾城和邵小野两个人望着在厨房内忙碌的身影，不时还伴随着几声轻快的口哨声，再次默契地深深叹了口气。

“所以，你也打算搬回公寓了吗？”顾城托着下巴扭头问邵小野。

“不然呢？鹿唯现在的状态，你放心让他一个人生活？”邵小野苦笑。

“对了，联系上曾教授和邵社长了吗？”

邵小野再次无奈地摇了摇头：“妈妈之前在美国医院会诊的时候遭遇了意外，不幸中弹，目前正在休养。”

“中弹？严重吗？”

“还好，只是擦伤了手臂，只是老爸想趁此机会带她四处旅行散心。”

开枪的是一名失控的精神患者，他在打伤邵小野的母亲后，自个也饮弹自尽了，这件事对曾教授来说着实打击不小，而邵社长为了让妻子尽快振作起来，几乎是半强迫地让她放下手上所有的工作，本来邵社长还打算让邵小野寒假来美国陪陪曾教授，谁知因为出了鹿唯的那档事，便让环球旅行的计划提前。

至于，现在具体到哪个地方，邵小野也不是很清楚，邵社长在当出版社社长之前就一直很想去国外考古，估计现在也是往人迹罕见的沙漠遗址之类的地方凑，想要在短期内联系上他们俩恐怕是不太可能了。

顾城嘴角咧出一个古怪的弧度，哭笑不得：“邵社长和曾教授心可真大啊，居然放心把你一个人留在这。”

“我又不是六七岁的小孩，而且这不是还有你陪我吗？”

顾城想想觉得有几分道理，点头认可：“也是！有顾大哥在的地方，哪里不是你的家？”

“面来啦！”

伴随着一道欢快的呼喊，两碗看起来极为可口的鲜虾鸡蛋面放在了他俩的面前。鹿唯动作娴熟地将手背上沾染上的汤汁抹在围裙上，笑得那叫一个春风宜人：“搬家弄了这么久，你们也辛苦了，尝尝我的手艺。”

虽然眼前的面看起来色香味俱全，但顾城到底是见识过鹿唯的黑暗料理，迟迟不敢动筷子，只能以眼神求助邵小野。

然而如今邵小野也是自身难保，在“毒死”和“鹿唯受刺激病发”两个选项之间，她最终只能硬着头皮拿起了筷子，闭上眼，顾不得烫张嘴吃下了第一口面，那大义凛然的表情，让在一旁看着的顾城都忍不住肃然起敬。

紧闭的双眼倏地睁开，停住了。

顾城吓得变了脸色，以为鹿唯黑暗料理的境界更进一层，毒素蔓延得如此之快，他的大脑也不敢闲着，急忙给出了十种相应的应急措施。

然而他的抠喉姿势已备好，却不想邵小野却意外地打断了他的动作：“味道还不错。”

看邵小野的表情不像作假，顾城半信半疑地喝了一口汤，汤汁鲜甜，面条软弹，一点儿也不像是新手才会有的杰作。

“厨房里还有呢，你们多吃点。”

鹿唯见两人吃得津津有味，竟露出一抹堪称贤惠般的温暖笑容，回到厨房内清洗刀具。

望着鹿唯在厨房忙碌的模样，顾城的表情尤为复杂，他扭头询问邵小野：“这样的鹿唯，让我怎么看怎么别扭啊。你确定不要带鹿唯去医院看看？”

邵小野摇了摇头，精神疾病比一般的疾病来得复杂，是一个必须长期与其抗衡的病症。

“而且……并不是所有的病人都适合医院的……”

她话说到一半却莫名沉默了下来，不再开口。关于医院就诊的这个问题，邵小野在最初知晓鹿唯病情的时候，也曾和母亲提议过，却被曾教授想也不想地给否决了。

邵小野的妈妈曾是鹿唯的主治医师，几年来一直致力于特殊精神疾病的研究，尤其是对鹿唯格外上心，那个时候，她也曾对自己的母亲有过不理解，为何要花如此大的心血在非亲非故的人身上。尤其是以目前的医疗技术，并没有任何具体的措施和药剂能够治疗鹿唯的科塔尔综合征。

后来还是邵社长告诉了她真相，原来在鹿唯被诊断出患有科塔尔综合征后，他们的家人便直接将他送进了疗养院里，之后便撒手不管。

那个时候，鹿唯不过十岁大小，在最需要家人关怀的时候，却被送到了完全陌生的环境里，之后导致了他的病情加速恶化，好几次都在死亡边缘徘徊。

要不是那个时候，曾教授刚好去那家疗养院参加研讨会，发现了鹿唯，将他带走。大概现在根本就不会有什么人气漫画家的存在吧。

“话说，曾教授在临走前就没跟你提过鹿唯的病情？”

“嗯，妈妈有留一封邮件给我，说她离开的这段时间，如果鹿唯的病情有异，让我联系一个人。”

“谁？”顾城问。

“不清楚，只留下一个电子邮箱地址和他的称呼：X先生！”

“真是神秘啊。那他怎么答复你的？”

“嗯，他表示鹿唯性情大变，有可能是病情被某个契机诱发导致的，至于具体是不是人格分裂还不能妄下判断。况且，每个分裂出来的人格并不是毫无征兆的，所以说这个叫陆向暖的人格，有可能和鹿唯的过去有关系，更有可能是他造成科塔尔综合征的一条关键线索。”

邵小野这才猛地想起，没有一个人知晓鹿唯的过去。而且，鹿唯口中的阿恩，不知为何总觉得在哪里听过。

“等等，陆向暖！”顾城猛地一拍桌子，似乎想到什么，低头从公文包内拿出了一沓手稿，“这是我昨晚发现的，还琢磨着这件事怎么会这么巧合呢。”

邵小野正含着半口面条，好奇地探身过去。

“这个是……”邵小野紧紧盯着手稿，眉头却不自觉地皱了起来，顾城则略显骄傲地回答：“就是鹿唯口中的陆向暖的出处。”

3

想当年，顾城还是初出茅庐的新人小编辑，在知晓自己能够担任人气少女漫画家麓微的责编的时候，更是兴奋得好几个晚上睡不着。当然，这股兴奋劲，除了那时候满怀一腔热血外，自然是对这位大神的无限向往，于是便将对方早期的作品，无论是发表过的还是没发表的全部拜读了一遍。

那时候，顾城并不晓得所谓的人气少女漫画家麓微是男生。

而他现在所说的“陆向暖”正是一部漫画手稿里一名漫画主角的名字。

“这是鹿唯早期没有发表出来的一篇短篇漫画。亏得我细心从鹿唯之前的责编那要来样稿。你看，这部作品的画风还是鹿唯早期的风格，整个故事的走向都和他现在的创作风格大相径庭。看来，大神也有小萌新的时期。”说到最后，顾城忍不住感叹道。

邵小野粗略地浏览了遍里面的故事，讲述的是一对从小一块长大，感情要好的青梅竹马的故事，后来男生被美国一所体校录取，两人迫不得已分开，几年后两人重逢，最终在一起的大团圆结局。

里面比较特别的设定是两个人的定情信物，竟是女主和男主两人小时候在游乐园附近捡到的一名弃婴，男主离开后，女主便一个人将弃婴抚养长大，其中还受到了不少流言蜚语。

整个篇幅很短，是个简单的恋爱日常向漫画，里面女一号的名字叫陆向暖，不仅和鹿唯口中的名字一模一样，男主的名字也颇为让人深思，叫作许恩宰。

和鹿唯口中一直念叨的“阿恩”意外地不谋而合，这就不得不让人怀疑故事里是否别有内情。

“你们在看什么？”

鹿唯的声音打断了两个人的深思，还好顾城眼疾手快地将那份稿子藏在公文包内，假装埋头苦战碗中的面条。

鹿唯从厨房出来，手里端了一盘洗好的水果，此刻正拿起一颗葡萄细心地剥皮，经过几日的相处，邵小野对鹿唯如此“贤惠”的表现早就见怪不怪了。

“那个……阿恩……他不过来吗？”他的目光不时地朝门口望着，最终还是忍不住询问。

吃水果的动作微微一顿，邵小野这才想起鹿唯口中的“阿恩”究竟是谁。

“你说的是纪学长吗？他不常来这里的。”

而且……

她可没忘记，上次纪景行来这里的时候，鹿唯可恨不得拿把扫帚把对方赶出去，永不再见。

后半句，邵小野只敢在心里嘀咕，说实话，纪景行最近也有些怪怪的，已经好几天没露面了，发给他的信息也不回，好似从那日鹿唯把他认成“阿恩”后，就失踪了一般。

“这也是没办法的事，获得了MVP（美国职业篮球联赛最有价值球员奖）肯定很忙的，本来还想约他一起去看看女儿呢！”鹿唯视线落在手中的葡萄上，嘴上说着没关系，却掩饰不住脸上的失落。

“噗，喀喀喀！”忙着吃面而掩饰尴尬的顾城听到这一句，一时没能忍住惊诧，被呛到咳嗽起来。

“明……明星球员男主……和定情……定情的那个女儿，吻合了……”顾城呛红了一张俊脸，按捺不住激动地低声道。

邵小野内心纠结无比，按照顾城的意思，鹿唯是将自己代入了这个叫作陆向暖的女生人设。

女生？

为什么他要将一名女生的角色往自己身上安，而且还是一名漫画中的少女？

这里面有太多的不合理和矛盾亟待解决。

为了挖掘出更多的真相，邵小野直接将鹿唯按坐回沙发上，开始了一对一的回答。

“鹿唯……不是，我是说陆向暖，我现在需要你老实地回答我一些问题。”

鹿唯愣怔了几秒，似乎有些莫名，但最终还是点头同意了。

在询问了一些关于陆向暖的基本信息后，她终于进入正题。

“所以，你口中的那个阿恩是你的青梅竹马，他的全名叫什么呢？”

“阿恩的全名？阿恩就是阿恩啊，我认识他的时候，就叫阿恩了啊。”鹿唯歪头想了一阵，分外坦然地回答道，竟不像有一点撒谎。

“那，他的全名是不是叫许……恩……宰？”顾城屏息问道。

又是一阵思考的沉默，鹿唯最终还是摇了摇头："我不知道。"

"那你的女儿呢？是不是你们小时候在蒙特游乐园里捡到的呢？"顾城锲而不舍地询问。

"嗯，是啊！你们怎么知道？所以你们联系上我的女儿了吗？"鹿唯点头表示肯定。

邵小野没有回答鹿唯的问题，而是扭头和顾城两人互相交流了眼神，在得到顾城肯定的答案时，她深吸一口气，再次说道。

"那么最后问你一个问题！"

"嗯。"

"你觉得你自个的真实性别是名……女生吗？"

邵小野把这句话问出口的时候，甚至有些小紧张地吞咽了下口水。

而鹿唯的反应更是让两人有些捉摸不透，只见他瞪圆了一双澄澈的大眼，似乎很不能理解两人为什么会问出这个问题。

"你们没事吗？我当然是个男生啊！"

鹿唯的答案仿如一束烟花般在两人的脑袋里绽开，他们彻底混乱了，眼前的这位陆向暖究竟是漫画中的人物还是另有其人？

"所以，你现在到底会不会画漫画？"顾城心有不甘，略显激动地一把捏住他的肩膀。

"嗯……我喜欢看漫画算不算？"

鹿唯的答案彻底击垮了顾城最后的希望，他有些颓然地跌坐回沙发上，懊恼地耙梳着头发，似要将这万千的愁绪也一并梳理清楚。

鹿唯虽不明白为什么顾城会因为他画不好一个圆而丧气，却仍旧善良地拍了拍他的肩膀安慰道："我煎荷包蛋技术还不错，你要不要试试？"

"啊，顾大哥，时候不早了，我送你出去吧。"

生怕顾城一时脑热将真相脱口而出，从而进一步刺激到鹿唯，邵小野急忙下了逐客令，推搡着顾城往门外走。

4

"你难道就没有发现一个问题？"快要走到校门口的顾城突然想起了什么。

"什么？"邵小野有些奇怪地问。

"鹿唯认定自己是陆向暖后，明明已经不认识我们，却从没怀疑过我们的身份，甚至还愿意跟我们离开医院，听从你的安排，来到学校公寓里住下，你不觉得这很奇怪吗？”

顾城的话，让她猛然惊醒，怪不得她总觉得醒来的鹿唯虽然活泼阳光却有一种奇异的违和感。

是的，从鹿唯新的人格出现，明明从未见过他们俩，却很坦然地接受了邵小野和顾城的存在，并且对于他们俩为他做的任何决定也没有表现过多的抗拒。

这根本就不是一名失忆的人会有的正常表现。

“你的意思是……鹿唯的潜意识还记得我们的存在？”对于鹿唯的病情，邵小野又燃起一丝希望的小火苗。

“不！我觉得他大概得了另外一种综合征，比如他画画走火入魔，导致入戏太深，深到以漫画里陆向暖的人设来演绎自己的人生。”顾城得出最终的结论，“单纯，善良，乐观。简称傻白甜女主角综合征。”

邵小野无奈地翻了白眼：“顾大哥，现在又不是说笑的时候。”

“可是，真的很像啊！”他无辜喊冤。

“那鹿唯明明画了那么多部作品，为什么要特意选这么一个角色？是不是这个角色对他有着特别的意义存在？比如说，虽然地名是虚构的，但是名字可能不是呢？”邵小野分析。

“呃……你说的也有几分道理，”顾城沉吟片刻，“这样吧，我有空查查看，有没有陆向暖这号人物。”

然而，漫画中虚拟的人物放到现实世界里去搜索，自然是一无所获。

没多久，顾城便向她发来信息，彻底浇灭了她的希望，现实里并没有陆向暖和许恩宰的相关信息。

日子就这样一天天地过去了，鹿唯的病情并没有一点好转，但庆幸的是也没有继续恶化下去。

只是从那天起，这位叫作“陆向暖”的少年似乎彻底占据了鹿唯的躯体，邵小野尝试着各种方式企图唤醒真正的鹿唯，却于事无补，这让她隐约感到一丝不安，鹿唯难道真的就此消失了？

终于，迎来了新学期，大家都还沉浸在寒假的安逸状态，似乎还未调试出合适的学习模式。

学校却发生了翻天覆地的变化，校董被意外革职，新校董听说是一家海外知名教育机构的高层。

而新校董刚上任便以雷霆的手段撤掉了大部分老资历的教师，取而代之的则是自己带来的一些在海外颇有建树的年轻老师和学术造诣极高的老教授。

他要求摒弃前任校董遗留下的各种陋习，对学校的各种制度进行重新优化，甚至大刀阔斧地制订了有关师资结构等一系列改革计划。

最令人诧异的是，向来没有太多交集的琉光学院和伯莱恩学院，竟达成了新一轮的合作关系，并且公布了所谓交换生的学习计划。

也就是说，从这个学期开始，两个学校里将各自派遣一部分学生到对方的院校进行为期一学期的交换生学习交流。

只是，这就让鹿唯面临一个全新的难题。

之前，琉光大学的美院院长和邵社长交情颇深，再加上曾教授提供的特殊病况证明报告书，这样鹿唯可以不用去报到，就能住在学校内，与此同时，老院长对外隐瞒了关于鹿唯的具体病症，因此即便是大半学期没来上课，但美院里的同学并未对此过分好奇，有的学生甚至至今都不知道鹿唯的存在。

偏偏，这学期开始，美院的院长正式退休，也就是说，从这学期开始，鹿唯必须去学校上课报到，争取基本学分。否则，别想拿到毕业证书。

现在的鹿唯连画个圆都困难，更别说应付专业课的习题，就在她求助无门之时，近来行踪飘忽不定的纪景行却意外来到他们的公寓。

不得已之下，邵小野便向纪景行全盘托出关于鹿唯身上发生的事。

房间内，纪景行望着忙着给自己端茶倒水的鹿唯，那殷勤的样子像极了讨好主人的猫儿。

“所以，你的意思是，现在这个鹿唯不是真正的鹿唯？”

他看着性情大变的鹿唯，有些别扭地伸手端起桌上新沏好的清茶，微微抿了一口道：“呃……可以这么说。”

“那鹿唯什么时候才能恢复正常？”

“呃……我也不知道。”邵小野无奈地摇了摇头。

纪景行陷入无言的沉默中，向来从容淡定的双眼似乎也隐了几分郁色在其中。

“关于他去学校报到的事，我会想办法，给他弄张病假条。但我不像你母亲那般神通广大，最多只能让他延迟几周上课。只是，这不是长久之计。”

“我明白，能拖一时也是好的，不定哪天，他一觉醒来就变回之前的鹿唯。”她乐观道。

她知晓这个希望渺茫，她心底却隐约地期望着，期望那个鹿唯能够重新回归，回到他们身边来。

她一直坚信着，他一直就在某个角落里，看着他们，看着眼前发生的一切。

“其实，我也曾搜索过科塔尔综合征的相关资料。你应该比我更清楚，这并不是单凭你和我就能解决的病症。如果你不介意的话，我可以把他带去美国，那里有更专业的医生为他诊治。”

“我不能跟你去美国。”从厨房端着一堆甜品出来的鹿唯，一听说要离开这里去美国，微微愣了一下，霍地激动起来，断然拒绝了纪景行的提议。

“我也不建议你把鹿唯带去美国，他不仅仅是我母亲的患者，也是我的朋友。以我对鹿唯的了解，我并不认为去美国就会对他的病情有所帮助，相反，陌生的环境，更容易刺激到他的精神状态。”

“对啊，还有我的女儿，如果我跟你去美国，那女儿谁照顾？不行！我不能丢下她不管的。小野，你什么时候带我去看我女儿呢？”

鹿唯显然没理解两人话中的含义，反而按照自己的脑回路理解了一番。

“你看到了吧！”邵小野扶额头疼，耸肩表示无奈。

又是这个万年不变的问题，她都不知道自己要上哪给他找个女儿出来，难道要她来扮演吗？

“那就告诉他真相吧！”

纪景行的话，如同平地惊雷一般在房间内炸开。

“什么真相？你们瞒了我什么秘密？还是女儿出了什么事？”原本还懵懵懂懂的鹿唯，猛地抬头看向纪景行。

“其实你根本就不是什么陆向暖。”

“那我是谁呢？”

“等等！”这下，邵小野反而急了，她刚想站起来，想不到鹿唯在这个时候，突然又不傻了，他的动作比她更快，一把捂住了她的嘴巴，制止了她的发言。

“你说我究竟是谁？”

纪景行的视线在邵小野焦急的眼神中仅仅停驻了一秒，便假装没看见地转开，正式对上鹿唯带着几分较劲的小鹿眼：“你的真实身份是……”

“哎哟……”

# Chapter 8
# 不良少爷来袭

1

说时迟那时快，邵小野露出一对虎牙低头狠狠地咬了鹿唯一口，鹿唯吃痛，下意识地松开手，捂着手哀号。

“你是漫画人物！”几乎在哀号声发出的同一时刻，邵小野想也不想地脱口而出。

“漫画人物？”这一刻轮到纪景行和鹿唯两人同时面露不解。

她深吸一口冷气，似乎下了很大的决心，默默地从包里将早前鹿唯画的那份漫画放在桌上。

半个小时后，房间内的三人挺直了背脊，面色肃穆，谁都没有率先开口。

鹿唯手中仍捏着那半份画稿，面色纠结，犹豫了老半天才幽幽开了口：“所以，你的意思是，我根本不是这个世界里的人？”

“对，没错！你是从漫画中来到现实世界，而在这里给予你一个新的身份，叫作鹿唯，也就是创造这个故事的作者。”邵小野几乎是一口气将这一连串的谎言说出口，不带一点喘气的，她侃侃而谈，表情庄重而认真。

像这样一个天方夜谭的谎言，恐怕没有一个正常的成年人会相信，可……

“那你怎么知道呢？”

显然，他认真考虑了其中的真实度，并且相信了。

“嗯……大概……我……我是NPC（游戏中的非玩家角色）。”

纪景行差点没忍住笑出了声，他急忙扭头假装咳嗽，掩饰自己忍不住上扬的嘴角。

如此认真严肃地胡说八道，邵小野绝对是第一人。

“可是……不对啊！为什么漫画中我是名女生，还说我跟阿恩是恋人，我们明明是好兄弟的。这个漫画根本就是虚构的，你骗我的吧？”

“这个……”邵小野有些为难。

“嗯……或许这不是漫画的最初版本。”

邵小野微微一愣，似乎没料到纪景行居然也加入了她的扯谎战队里，她略带几分诧异地望着正一本正经地胡说八道的纪景行。

“你想想，如果你不是从漫画来的，那为什么漫画中的主人公和你如此相似，就连一些细节都丝毫不差？”

“我……”

粉唇微张，想说点什么，最后却没有出口，反而陷入沉思之中，似乎有些被说动了。

内心几番挣扎之后，鹿唯再次不死心地询问："所以，这里也没有我的女儿了，是吗？"

"对对对！"邵小野点头如捣蒜，生怕他有所怀疑。

"那……阿恩，你也是从漫画里出来的吗？"

"我都说了，我不是你的阿恩，我叫纪景行，我们俩最多只是普通的同学关系。"原本还耐心解释的纪景行旋即蹙紧眉间，一层不易察觉的郁色浮上眼底。他不甚耐烦地回答。

意外地，对于"阿恩"这个词，纪景行似乎一直表现得很抗拒。

鹿唯似乎被纪景行不变的态度给吓到，他转而询问邵小野："那……我要怎么做才能回去？

"是不是有什么特殊的仪器能让我回去，就像外星人的飞船、虫洞那样。那个漫画家的手绘板在哪里，还有他的显示屏……"

说罢，鹿唯竟磨刀霍霍地朝自己的卧室而去。

"你等等！"邵小野急忙拉住他的手臂，"那个……你回去的方式可能比那些都特殊。"

"什么？"

邵小野抬头看他，郑重其事："适应鹿唯这个新身份，然后……拯救他！"

"咳咳……对对，就是这么回事。"

纪景行极力憋着让自己不要笑出声，他见时候不早，便起身同他们道别。

邵小野见状，分外热情地表示要送他下楼。

而公寓内独留下一脸无辜的鹿唯正极力消化着邵小野带给他的新信息和身份。

直到下了楼，纪景行才放松地笑出声。

"抱歉，我是怕我实在忍不住会笑场，所以这才先逃了。邵小野，亏你想得出这个主意。"

邵小野无奈地耸了耸肩："这也是万不得已的下下策，我是不是应该感谢那次片场之行，让我有这样的灵感，也谢谢你还愿意配合？当然，如果你不继续嘲笑我的话，我会更感激你的。"

"哈哈哈，你为了鹿唯也是够拼的。"

"话说，你这次来应该不是为了来笑话我的才对。"

"嗯，我是来跟你辞行的。"纪景行收回了笑容。

"辞行？"

邵小野明白，作为纪氏集团的少爷，自然不可能只是单纯在大学读书这么简单，她在学校就不太常看到纪景行的身影，然而即便如此，纪景行的每次离开却从未用“辞行”这个词。

“我将作为伯莱恩学院的金融系代表前往美国华尔街一家金融公司培训半年左右。”

“等等，我有点糊涂了，你……伯莱恩学院？你不是转学到我们学校了吗？”

这下，轮到邵小野糊涂了，她可记得在学校第一次见面的时候，他的出场有多声势浩大，从贵族学院转到了平民学院的首个案例。

纪景行微微一笑，这才耐心解释道：“关于这件事，我很抱歉，不该隐瞒你。其实，我一直都是伯莱恩学院的学生。而到琉光学院这一年多来，我不仅仅是以一名学生的身份，还是以特派员的身份来这所学校考察。”

“特派员？你来我们学校要考察什么？”

“考察琉光学院的各项教学指标是否符合凯斯特教育集团的收购条件。”

邵小野微微一愣，关于这个凯斯特教育集团她也是略有耳闻，它是世界领先的教育服务机构之一，原本以提供备考服务而闻名，从海外留学的雅思、托福，到国内高考以及贵族学校的入学考试，他们都有一系列专业的教学方针来针对这一类考生，进行一对一的辅导。

之后，他们通过收购一些资金链出现断层的学院进行内部重组整合来拓展自己教育领域的疆土，与其说，他们是一群教书育人的学者，不如说他们是投资的商人更为准确。当然，这个教育集团之所以能够享誉全球，除了背后有着精英管理团队外，还有不惜高价聘请来的强大师资队伍。

只是该教育集团旗下的百所学院多数都是一些知名或者私立的商学院，比如伯莱恩商学院就是他们投资开办的，而且获得了不错的反响和收益。

而邵小野和鹿唯所就读的琉光学院则是他们所收购的第一所非商科专业的传媒学院。

“你……”邵小野似乎隐约猜到了什么。

“纪氏去年正式入股凯斯特教育集团，所以才会派我来考察，而我刚好有个毕业论文的课题需要些资料搜索。”

他的嗓音低沉，不紧不慢的语调似乎在谈论一件再平常不过的小事。

“毕业论文？”邵小野再一次惊了，“我记得你不过比鹿唯稍大几个月，按理说现在差不多读大二，就算是大三也说得过去……”

说到后面，邵小野却乖乖地闭嘴了，纪景行是何许人物，不是他们这种平凡学生可以比肩的。

“我的学分差不多都修完了，现在就差论文和最后答辩，就可以提前毕业了。”

“等等，关于我们和伯莱恩学院交换生的政策不会是你提出的吧？”

“嗯，确实是我提出的方案。”他斟酌片刻，笑靥浅浅一绽，“抱歉，关于琉光学院被收购的事属于内部机密，所以之前一直瞒着你们。”

不知是不是因为阳光太过猛烈的关系，在邵小野眼中，纪景行的模样比往日更加鲜明耀眼，甚至有些遥不可及。

过去，邵小野一直被别人戏称“少爷”，而她的家境也还算不错，所以一直觉得这个外号还算名副其实。直到她认识到了纪景行这只白天鹅，顿时觉得自个像个泥地里打滚的小黄鸭，根本不值一提。

这大概就是真正的“大少爷”的模样，当你还在学校这条起跑线上为考试拼搏的时候，他已经在终点线上担任起裁判的身份。

她终于明白为何对纪景行有种若有似无的距离感，只因他们从来不在同一水平线上。

“另外，还有件事想要拜托你。”纪景行突然开口，笑得很是耐人寻味。

“什么？”

“今后，迦川还请你们多多指教。”

什么？

2

所以，当邵小野在公寓门口见到拉着行李箱一脸嫌弃地打量周遭环境的纪迦川时，只愣了三秒，三秒后便默默地合上了门。

吃了闭门羹的纪迦川先是微微一愣，原本按门铃的动作转变成了捶门，直砸得铁门哐哐作响，落下一地的墙灰。

“邵小野，你快给本少爷开门，听到了没？”

原本待在这个还不如他家厕所大的地方，就已经够让他不爽了，不想还遭遇到这样非人的欢迎方式。

捶门的动作突然落了空，纪迦川险些没能稳住平衡，邵小野再次开了门，一脸狐疑地打量着眼前的男生。

“喂，你走错路了吧？纪迦川，这里可是琉光学院的学生公寓，不是你们伯莱恩的高级会所。”

“是啊，你不介绍，我还以为是流浪汉集中营呢。”

纪迦川一把推开了她，径直步入房间内，大咧咧地坐在沙发之上，并顺势拿起鹿唯刚削好的苹果，津津有味地啃起来。

“喂，那是我给小野准备的。”鹿唯抓着把仍旧带着果皮的水果刀不悦地指控着。

“纪迦川，你擅闯别人的公寓……”

“别人的？”英挺的眉毛微微一挑，“咔嚓”一声又咬了一口苹果，口齿含糊，“从今天开始也是我的了。”

邵小野先是有些迷糊，继而脑中闪过之前纪景行莫名其妙的话，似乎给了她提示，她一脸不可思议地指着对方，连音量都不自禁提高了几度：“你是……交换生？”

纪迦川微微皱眉：“先说好了，你们可别胡思乱想。不过是拗不过我家老头子的要求，来体验下人间疾苦而已，顺便监视你这个不安于室的女人。”

“不安于室？喂，不会用成语不要乱用好吗？”

邵小野面色一沉，眼中寒光一闪而过，她发誓，这是她活到现在第一次听到别人这样评价自己。

“是啊，你一边勾搭了景行哥，一边又和这个鹿什么的纠缠不清。”

似乎感受到邵小野堪堪甩来的眼刀，纪迦川下意识地往后退了几步，语带戒备道：“喂，我可警告你，想要进我们纪家大门，你可得对我这个小叔子客气一点。”

“滚！”

这一声怒吼简直力拔山兮气盖世，差点把鹿唯手中的刀都给吓掉。

经过一段时间的沉淀，鹿唯已经开始接受在这里的生活和新身份，没过多久就重新去学校上课了。

令人意外的是，变成陆向暖的鹿唯适应能力异常惊人，与同学相处也比之前别扭的鹿唯更为融洽，来学校报到不到一个月已经交到了不少朋友。

也许是之前的鹿唯并不常来学校上课的关系，竟没有人发现鹿唯的变化，有时候连邵小野都忍不住迷惑，之前的那个鹿唯究竟是否真实存在过……

只是谁想到，鹿唯好不容易稳定了，却又来了纪迦川这么个不稳定分子。

后来，邵小野了解到，纪迦川因为那次在片场胡闹，被他老爹要求来琉光学院当交换生，出来体验下“平民生活”，顺便磨磨他过于嚣张跋扈的少爷脾气。

“你说，这个所谓交换生的政策是不是有点过分啊？凭什么我们交换过去的学生都是各科系的尖子生，而他们调过来的却是他们学校吊车尾的学生？一来就各种苦大仇深的样子，搞得自己好像被抛弃了似的。拜托，我们学校有那么差吗？”

食堂内，小野的好友江姜瞅着不远处那群在饭菜窗口前各种不满嚷嚷的交换生极为不爽地抱怨着，餐盘中饭菜早就被她搅拌成一团，成了可怜的发泄对象。

“不论这个交换生的政策究竟是好是坏，我们还是先考虑这学期的期末考试比较重要吧。”邵小野安慰道。

“哎呀，是啊！你应该有画考试重点吧，一会儿把笔记借我吧，拜托拜托。”

邵小野叹了口气，将笔记本递给江姜：“我已经开始想念我们的班长大人了。”

“是呀，不知道她在伯莱恩学院生活得怎么样，习不习惯呢？”江姜盯着笔记本怔怔出神。

“伯莱恩学院怎么了？”一道清润的男声突兀地插了进来。

邵小野抬头看着声音的主人，脸色瞬间沉了下来。

纪迦川似乎并不在意邵小野板着的脸色，依旧嬉皮笑脸地说着：“喂，有没有一千块，我回去就还你？”

眉尖滑过一道微澜：“这个月才过了不到一半，你就把五千块生活费花光了？”

说到这，纪迦川忍不住大倒苦水：“那零用钱还没我以前的零头多呢，哪里够花。”

江姜义愤填膺：“拜托，我一个月的零用钱还没你这一半多呢，怎么不说自己花钱大手大脚的。”

她的声音不大，然而纪迦川的耳朵灵敏得跟狗似的，竟被他一字不落听了进去。

“是啊，所以我都不知道你们这些穷人是怎么活下去的。”他一脸理所当然地回答。

“你……”江姜霍地站起来，一张粉嫩的俏脸阴沉沉的，“要不是看在邵小野的面上，信不信你的手已经被我折成四段了？”

邵小野听到这，急忙起身让出空间，拍了拍胸口表明自个立场：“别，千万别看我面子，到时候场面失控起来，指不定谁要拉住谁呢。”

“我说的是事实，又不是刻意诋毁你们。”纪迦川见到面前两个女生气势汹汹的样子，下意识地后退两步，甚至觉得有些莫名。

“小野，江姜，原来你们在这。”

一道清润的嗓音适时扼杀在场两个人体内的暴力因子，江姜一见到鹿唯，无论之前多么愤怒的情绪，都会瞬间被他软化，尤其是她的偶像最近变得平易近人了不少。

“麓……鹿唯！”江姜急忙捋了捋额头几根凌乱的刘海，体态端庄，身体微侧十五度，朝他露出一个非常标准的礼仪小姐似的笑容。

纪迦川一见到鹿唯则宛如见到了自己行走的钱包一般，双眼发光，欢腾地朝他奔去。

“鹿唯，快快，十万火急，借我一千块钱。”

他身手敏捷，动作流畅，话语不带一丁点犹豫，显然这不是他第一次向鹿唯要钱了。

说来也是可笑，原来势如水火的两个人，自从纪迦川住进公寓里后，不到一周，就勾肩搭背地成了好兄弟。

直到后来，邵小野才发现原来挥霍无度的纪迦川早在第一周就把他爸给的生活费全部用完。

接下来的一个月，基本上都是鹿唯在接济他的日常饮食生活。

纪氏集团的少爷居然要一个无名之辈来接济并且还乐此不疲，想想都让人觉得跌破眼镜。

3

而鹿唯几乎是下意识地从书包里拿出钱包，邵小野见状急忙上前，按住了他拿钱的动作。

“你要这笔钱干吗用？”邵小野将枪头直接指向了纪迦川。

纪迦川想也不想地回答：“我和朋友约去KTV唱歌。”

“都要考试了，你还要去玩？你功课复习了吗？”

纪迦川不耐烦地掏了掏耳朵：“哎哟，你真的是比我妈还啰唆。这个考试，对我来说不过是小事一桩，放心吧，我有秘密武器，根本不需要复习。”

“秘密武器？难道你提前知道考题？”江姜忍不住好奇插嘴道。

“嘿嘿，这是比知道考题还厉害的事，总之你们放心吧，成绩放榜那天，绝对会让你们刮目相看的。”

纪迦川神秘一笑，决定直接诱拐鹿唯的“钱包”。只见他长臂一伸直接勾住了鹿唯的肩膀，将他架出了门外。

“鹿小哥，你去过KTV吗？”

“没……没去过。那里好玩吗？”

“就一些朋友一起吃吃喝喝唱歌的地方，可有趣了。大学生嘛，还是多点娱乐项目才好，成天只知道画画，有什么劲？走，今天带你见识见识世面。”

两抹高挑的身影逐渐消失在食堂门口。

“小野，你怎么不阻止他们呢？”江姜面露着急。

“怎么阻止？一个愿打一个愿挨的……”

“可是，那个纪迦川早晚会带坏我们家偶像的。”江姜不无担忧地说。

“没事的，你别看纪迦川这家伙看起来好像不太靠谱，但做人还是多少有点分寸的，不会闹出什么太出格的事。”

纪家的声誉在外，纪迦川除了有些顽劣，但人品还是不错。

邵小野安慰了江姜，继续怔怔地望着他们俩离去的方向发着呆。

是的，那一刻的鹿唯是陌生的，和朋友勾肩搭背，一脸新奇神往的模样，偶尔露出飨足的浅笑。

这样的鹿唯，是她一直都希望的，希望他能够融入社会，有更多的朋友相处，像个正常的人一样。

正常的人……

一个可怕的想法倏地牢牢抓住了邵小野的心，令她神情微微一僵。

“少爷，你还好吗？”江姜有些担心地望着她骤变的脸色。

“嗯，我很好。抱歉，今天可能不能陪你去图书馆复习了，我有事先回去了。”

邵小野和江姜匆匆道别后，便往宿舍的方向赶。

她回到家后便打开邮箱将最近鹿唯的近况与自己的猜想发送给了神秘人X先生。

只是在她刚发送完没多久，却意外收到了顾城发来的新邮件。

她还没来得及点开邮件，顾城的电话便十分及时地打来了。

“喂，小野，看到我发给你的邮件了吗？”电话才刚接通，顾城就迫不及待地开口。

对于这般急性子的顾城，邵小野报以习惯的笑容：“嗯，才刚收到，就接到你电话了。”

“特大消息，前不久我刚好遇到了鹿唯前任编辑，你猜我发现了什吗？”

“别卖关子了，赶紧说吧。”

“原来，我们之前看到的那个关于陆向暖的漫画并不是第一版手稿，而是经过几次修改后的稿子。”

“然后呢，这有什么问题？”

“问题可大了，我今天才听说，原来那篇漫画的第一版手稿里陆向暖原本的设定就是位男生，他那所谓的青梅竹马阿恩，根本就不叫许恩宰。他们不是在游乐场捡到一名弃婴。而是在公园的滑梯下面遇到了一个五六岁貌似离家出走的女娃娃。然后三个小孩一时兴起玩起过家家游戏，称呼对方爸爸妈妈之类。”

“这第一版的手稿怎么和后面的稿子内容差别这么大？”邵小野皱眉，隐约觉得这里面的差异就是鹿唯会变成陆向暖的关键信息。

“当时审核那篇稿子的编辑觉得鹿唯的这个故事太过普通日常，没有特别令人心动的点。于是就自作主张地让手底下的漫画助手做了修改，听说这件事被鹿唯知道后发了很大的脾气，我好不容易从编辑那里拿到了这份手稿，扫描了发给你，不过稿子被烧毁了一部分，有些残缺，你将就着看下吧。”

挂了电话，邵小野正准备打开顾城发送给他的那部漫画，但想了下，便顺手把这份漫画也转发给了X先生。

只是才刚看了一小部分，她便感觉心跳加速，手心冒汗，一种莫名的恐惧无端地从身体的深处冒了出来，没有源头，就像一种……原始的本能。

是的，内心深处仿佛有个声音在警告她，不要看，不能看！

好似，这不仅是一篇漫画，更是潘多拉的魔盒。

一旦打开，便万劫不复……

“呜呜呜……”

软弱无助的哭声在空荡荡的公园里回响，玩耍了一整日的孩童早就随着父母的呼唤相伴回家，于是在滑梯内的哭声尤显凄凉哀伤。

“喂，你不回家吗？”男孩的声音打断了女童的悲伤。

女孩停止哽咽，无辜地望向男孩，他似乎发现了什么珍宝般，招呼身后的好友。

不久，男孩的肩膀处冒出一名怯生生的栗色头发的男孩。

“再不回家，妈妈会骂的。”栗色头发的男孩，面容白皙，五官精致，犹如一个瓷娃娃般，他略显羞涩，只是匆匆地看了眼女孩，开始劝男孩。

两个人刚走了没几步，抱着篮球的男孩却不住地回头望着哭泣的小女童，最终重新折回到女孩身边：“你为什么不回家呀？”

女孩忍不住再次红了眼眶，哑然道：“爸爸妈妈不要我了。”

她越想越委屈，豆大的泪珠再次颗颗下落。

篮球男孩有些慌了，似乎第一次遇到如此会哭的女孩，污迹斑斑的小手想也不想地往女孩的脸上抹，动作粗鲁得让女孩频频皱眉。

最后还是栗色头发男孩看不下去，从口袋里拿出干净的小手帕温柔地为女孩抹去脸上的污渍，另一只手则学着大人的模样轻轻地拍打着女童的后背。

女童悲伤的情绪在栗色头发男孩的安抚下，渐渐平静。

“不怕，你爸爸妈妈不要你，我们养你啊！”大男孩似乎想到什么，语出惊人。

“呀！”栗色头发男孩轻轻发出一道惊呼，努力地摇了摇头表示拒绝，“不可以的。妈妈和许阿姨都不会同意的。”

“不要让她们知道不就好了。”大男孩天真地回答。

彼时，在孩子的眼中收留女孩就如同隔壁家张爷爷收留流浪狗一般，也像那些女孩儿玩的过家家游戏一般。

越想越觉得这个方法可行，篮球男孩心中一阵振奋，霍地站起，手指着自己，夕阳的光辉投在自己的身上，他觉得此刻自己的形象如同电视剧里的大英雄般。

“你放心，我们会养你的，但是你以后要叫我爸爸。”

他指着身边的瓷娃娃男孩：“你以后就叫他妈妈，知道吗？”

女孩懵懂，但听到有人愿意收留自己，只觉得自己并不那么讨人厌，自然讨好而又乖巧地叫唤。

“粑粑！麻麻！”女孩尚小，发音尚有一丝含糊。

栗色头发男孩被大孩子指认为女孩的妈妈，心中一阵不舒服，自己明明是男孩，就因为长相问题，经常被误认为女孩。

不过，向来内向的他，一直以大男孩的意愿为准，即便内心抗拒，却还是默认了大男孩的做法。

纤细白皙的小手小心翼翼地剥开彩色的糖纸，将里面橙红色的水果糖塞进了女孩的嘴里。

一尝到甜味的小女童果然破涕为笑，冲着男孩甜甜地笑了起来。

“麻麻，真甜！”

“我……我是男孩子，才不是妈妈！”

栗子头男孩板着脸孔纠正，但在见到小女童的笑脸后，还是露出了浅浅的微笑，心中一片柔软。

4

画面中破旧的滑梯，被磨得有些掉漆的大象鼻子摇摇椅，甚至是喷水池老旧的样式与夕阳位置……

这一幅幅看似稀松日常的黑白漫画就像被停滞的时光拉长成一帧帧剪辑流畅的画

面，在记忆深处渐渐复苏，鲜活起来了一般。

无数或残缺或零碎的画面如烟花般在脑海里炸开，一股令人恐慌的空虚感忽地席卷而来，让人躲闪不及，无处可逃。

恐惧、悲伤和不可名状的无数复杂的情绪纠缠在一块，如破堤的潮水一般哗啦啦地漫过全身，四肢百骸甚至连头发丝都在发麻……

“哐当！”

冷风吹打窗户的重响，蓦地惊醒了深陷在记忆怪圈之中的邵小野。当她回过神来的时候，夜幕早已悄无声息地降临，隔壁宿舍窗口透出微弱的灯光，在浓重的黑暗里点缀零星的温暖。

凉风令邵小野下意识地打了个喷嚏，她这才后知后觉地起身去关窗户，只是双脚在站起的一瞬突然一软，好在她反应灵敏地撑住桌面，才没摔倒。

她究竟发呆了多久？

关上窗户的那一刻，她忍不住疑惑起来，然而下一刻满脸的湿润令邵小野又一次陷入迷茫之中。

她为什么哭了？

如果有人问她刚才究竟经历了什么，她一定会毫不犹豫地回答：她不知道。

是的。

她仔细回忆刚才流逝的时间里，自己究竟在想些什么的时候，却发现自个怎么也想不起来，就像记忆的宝盒在一瞬间打开却又倏地关了起来。

只是，身体的本能却告诉她那将会是一段可怕而又重要的记忆，可漫画中的故事分明就是一段欢乐的童年时光。

她不明白，这明明就是鹿唯的漫画，为什么会让她感觉这般熟悉，难道她和鹿唯的过去也有联系？

叮咚！

电脑邮件传送过来的消息打断了邵小野的思考，她伸手点开了X先生的回信，里面大概解释了鹿唯这段时间的行为模式的依据，并且得出了大胆的假设。

陆向暖的人格之所以能够长时间存在的一个很大的原因，可能是鹿唯的人格在发生变异。

以细胞作为比喻，当某一种细胞占据主导作用，就开始大量地吞噬其他的细胞，久而久之，陆向暖的人格将代替真正的鹿唯，而之前的鹿唯也许会被彻底吞噬不见。

“为什么会这样……”邵小野怔怔地盯着邮件上的字句，感到从未有过的茫然。

就在这时，手机却振动了起来，然而上面的来电显示着“未知号码”。

犹豫片刻，她还是按下了通话键。

“喂，我是X先生。”电话那头传来了疑似变声器处理过的机械声音。

“你怎么知道我的电话？”邵小野微微惊讶。

“这是个很愚蠢的问题，我们还是直接进入正题吧。”

邵小野被这句话噎得险些没喷出一口老血。

“你应该已经看到了我发给你的邮件，而我也看过你刚才发给我的那个漫画，虽然是残缺本，但结合之前的漫画其实不难得出这么个答案。”

“嗯，你说到鹿唯有可能发生了人格变异，可是我仍旧不明白是什么导致的。”

“那么这就得追寻鹿唯在片场究竟遇到了什么才会引发这次病发，或者在十多年前是什么诱导他患有科塔尔综合征。”

“我要是知道就不会这么苦恼了……”

“鹿唯不愿意说，陆向暖或许愿意透露呢？”

“你的意思是……”

“一个人性格的产生与变化不是与生俱来的，比如你初生时产生的性格会随着外在的因素影响而逐渐改变。我们可以大胆假设，陆向暖的性格，也许就是他发病之前的性格特征。也就是说，鹿唯是在经历某个事件后，性格发生了变化。”

“陆向暖就是过去的鹿唯，如果鹿唯在十多年前没有发生那场意外或许他会像漫画中的陆向暖那样生活着，同自己的发小和那个捡来的孩子一同长大，上学玩耍最后步入社会……”邵小野顺着他给的提示，给出大胆的假设，“而鹿唯之所以会创作这部漫画，则是他潜意识里某种美好的期望，希望自己不曾经历过那些……”

“嗯，在他的意识中，鹿唯这个身份承载了太多不堪的回忆和痛苦，当有一天终于被压垮的时候，他就会自我否定现在的一切来保护自己，而陆向暖的人格就会在这个时候出现，所谓虚妄的表象便是如此。”

“陆向暖居然是鹿唯逃避现实的方式。”听到X先生这般假设，她不知为何突然感觉有点悲哀，悲哀得却又有些可笑。

“嗯，但有时候谎言和借口说多了，自己都会相信。而这……就是人格变异的最终目的。”

“这段时间，陆向暖积极融入鹿唯的生活圈，只是为了想要取代他？”猜到这个可能性的邵小野蓦地倒吸一口冷气。

“嗯，你这样才有点曾教授女儿的样子。”

“现在不是你毒舌的时候，问题是怎么才能把真正的鹿唯找回来？”邵小野焦急地问。

“首先，我想问个问题，鹿唯和现在的陆向暖相比，你更喜欢哪一个？”

“我，自然是……”邵小野本想毫不犹豫地回答，然而心底那本应该呼之欲出的答案突然卡在胸膛正中，怎么也说不出口。

对方似乎料到了邵小野的犹豫，忍不住嗤笑了一声：“和过去难搞又不合群的鹿唯相比，陆向暖似乎更适合这个世界吧。”

不得不承认的是，和陆向暖的相处确实比鹿唯轻松不少，他暖心体贴，如同冬日暖阳一般照拂每个人，让人不自觉地想要亲近，除了有点过分善良外，似乎没有特别让人觉得受不了的地方。

而完全不合群的鹿唯就显得有些相形见绌，他不会煮饭，不会穿衣打扮，甚至连照顾自己都十分困难，而且敏感又孤僻。

和鹿唯相处时，她说话总是斟酌再斟酌，总怕一不小心触到他的逆鳞，他就将自己躲藏起来，十天半个月不见人，总是得费好大的劲才勉强能哄回来。

“其实鹿唯能否回归，完全取决于你们的态度……”

X先生说完这句话便自行挂断了电话，留邵小野自己琢磨。

晚上十点半，鹿唯和纪迦川两个人才晃晃悠悠地回到公寓，纪迦川眼色迷离，浑身酒气，反观鹿唯只是双眼和耳根微红但还算清醒。

邵小野忍不住感叹：果然，陆向暖照顾型人格在这个时候发挥了巨大作用，要是换成鹿唯，估计她现在得去马路上捞人。

只是回到家的纪迦川也不消停，一会儿跳海草舞一会儿高歌破音版歌剧，引得附近宿舍的学生或敲打脸盆或咳嗽以示抗议。

折腾到最后，连邵小野都忍不住想抄起厨房的平底锅往他的脑袋上来一下。

一个半小时后，房间内终于传来了纪迦川酣畅淋漓的打呼声，邵小野则瘫软在沙发上一刻都不想动了。

这位纪少爷可真会折腾人，酒量浅就算了，又爱逞能，还连累送他回来的鹿唯，吐得他浑身都是味。

浴室的门被打开，洗好澡的鹿唯笼着一股蒸腾的水汽来到大厅。

他没有看邵小野，而是低头擦拭着湿淋淋的头发。

“今天真是辛苦你了。”邵小野由衷说道。

擦拭毛巾的手微微一顿，他轻轻颔首，算是回应。

“不过……也不是我说你，纪迦川那家伙只长身体不长脑子，你很容易会被传染成智障的，以后多去图书馆，少跟着他胡闹。”邵小野忍不住感慨地拍了拍他的肩膀。

许久的沉默后，他安静地应了一声，便同邵小野道了声“晚安”，起身准备回房间。

“等等！”在鹿唯的身影即将消失在门后的那一刹那，邵小野突然叫住了他。

鹿唯回头，目光沉静却不敢直视她的双眼。

邵小野则瞪大了那对亮晶晶的桃花眼，带着几分不确定开了口。

“鹿唯？”

## Chapter 9

# 夏日补考修罗场

1

“你……是鹿唯对不对？”

对方停滞的背影让邵小野的猜测多了几分笃定，她无法形容此刻的心情，兴奋，怨怼，心酸，无数的情绪堵在胸口。

伸向他的手在半空中犹豫片刻后，最终抓住了他的一截衣角。

“你……”

这段时间究竟去了哪里？

她很想这么开口，却又隐约觉得不妥，他一直都在她的面前出现，只是这个“他”却不是真正的鹿唯。

他转身，露出一个勉强的微笑：“你真爱开玩笑，我不是鹿唯还会是谁？有点累了，就……先这样吧，晚安！”

“你知道我说的是什么意思！”咆哮的嗓音带着颤抖的暗哑撕裂了寂静的夜晚。

黑暗，是个适合藏匿秘密的好时机，即便发出不合时宜的声音，也会被这黑夜吞噬，最终归于平静。

“鹿唯，你究竟还要藏多久？”她恢复平静，缓下音调问。

鹿唯沉默不语，他没有看邵小野，过长的刘海掩盖了他的表情，只是下意识地将唇瓣抿得笔直。

“我们不是朋友吗？你能不能告诉我，那天在酒店究竟发生了什么事？”

依旧是沉默。

“那你至少要告诉我，我要怎么做你才能回来？”

面对鹿唯无言的沉默，她逐渐沉不住气，语气隐含些许急切。这一段时间经历了太多太多，而他的消极应对，更是让邵小野觉得无比疲惫。

就像一个人拼命奔跑，却永远看不到终点。

“我……”他终于开了口，如同许久不曾说话的人一般，声音比往日更加低沉嘶哑，“还有回来的必要吗？”

他噙着涩然的笑意，说出口的话更是令人心酸。

邵小野有些愣怔，但很快反应过来道：“你当然有回来的必要啊！我们都很想你的。”

“那你呢？”

“我……我当然也想你啊！”

“是吗？”他的笑容轻轻的，仿佛风一吹便散了。

“大家看起来都很喜欢暖，难道，你不喜欢暖吗？”

“这个不是喜不喜欢的问题，而是他不能代替你啊。”

“是吗？暖，其实一直都很期待与你见面的。”他微怔，随即不以为然地笑。

这下轮到邵小野迷糊了：“什么意思？你是说陆向暖曾经见过我？”

难道说，她和鹿唯过去是有交集的？但那是在什么时候，她怎么一点也记不起来了？

鹿唯没有正面回答她的话，而是望了眼桌上刚好十二点的电子时钟。

“晚了，快去休息吧。”

“不行！”邵小野想也不想地断然拒绝，“鹿唯你知道你现在的样子像什么吗？”

“像什么？”

“像在同我道别。”

鹿唯的沉默让邵小野的心顿时跌落进谷底：“像是要永别了一般，我猜对了吗？”

“不然呢？像我这样讨人厌的性格，还是越早离开越好，不是吗？”

鹿唯说完，推门进了房间，房门即将阖上的那一瞬，邵小野终于忍不住破口大骂。

“鹿唯，你就是个孬种，什么叫越早离开越好，什么叫陆向暖更适合这里？其实你根本就是不愿意面对现实，不愿意面对过去，不愿意面对一切的缩头乌龟……”

邵小野的话还没说完，鹿唯却彻底将门给掩上。

“鹿唯，开门，你这个浑蛋！你想就这么躲一辈子吗？一辈子都不愿意见人吗？鹿唯……”

邵小野再也顾不得夜晚会吵醒邻居，“砰砰砰”地捶着门板。门里面的鹿唯却听之任之，再也没有露过面。

2

“鹿唯！”

“哎哟……”一道清晰的痛呼声瞬间打断了邵小野的思绪，她猛一睁眼，发现被她误伤的纪迦川正揉着胸口，旁边的鹿唯正一脸担忧地看着自己。

邵小野有些茫然。

清晨的阳光透过树叶半洒在地板上，斑驳明暗，树枝上的鸟儿清脆地鸣叫着，彰显着这是个生气勃勃的早晨。

“到底谁欠你钱了，要这么狠命地捶人的？”纪迦川吃痛地埋怨着，继而转头望向一边的鹿唯，“我刚才好像听见她在梦里喊你的名字，你对她做了什么？让她怨念这么深，做梦都还记挂着呢？”

“小野，你还好吗？怎么睡在客厅了？很容易着凉的。”

鹿唯，应该说是陆向暖一脸担忧地望着邵小野，而她的身上正盖着一张毯子。

现在的情况，让邵小野有些蒙，不明白昨晚发生的一切究竟是真还是假。

昨晚的鹿唯究竟有没有出现在现实中，还是一切不过都是她的臆想。

而她究竟是……什么时候睡着的？

“你们昨天几点回来的？”

“哥几个昨天玩得太开心了，貌似喝过头了，多亏鹿唯送我回来。”纪迦川颇有些不好意思地搔了搔头，继而感激地拍了拍鹿唯的肩膀。

“你放心，得人恩果千年记，这道理我还是懂的。过去你对不起我的那些事，我就大人不记小人过，就此翻篇，从今天起，你就是我的好兄弟。”

陆向暖并不知道与纪迦川的那段过往，自然不明白纪迦川话里的含义。

他先是懵懂地望了眼邵小野，却见她眉头紧锁，似乎不在状态之内。也就只好顺着他的台阶往下走，同样报以暖阳的笑容：“嗯，这个……没什么的，应该的，大家都是好朋友。”

“所以，昨天真的是你送纪迦川回来的？”邵小野不死心地再次确认了一遍。

“邵小野，你不会是着了凉，脑袋烧糊涂了吧？你看这里除了鹿唯还有第二个人能把我送回来吗？”

鹿唯还没来得及回应，纪迦川便插话进来：“虽然那个时候我醉得迷迷糊糊的，却还没到不省人事的地步，是鹿小哥没错。”

纪迦川拍着胸脯，立下保证。

“小野，你怎么了？是不是哪里不舒服，我给你泡感冒冲剂喝吧？”说罢，陆向暖的手朝她的额头探去。

邵小野却下意识地扭头避开了他的手，心不在焉道：“我没事。大概是刚才的梦让我有点糊涂了。”

虽然邵小野仍旧搞不清那天夜里鹿唯究竟有没有回来过，但她根本没有多余的时间去深究了。

紧张的期末考试很快到来了，即便大学的考试氛围不如高中那般浓厚，但最终还是关系到毕业。即便是之前撒欢玩闹的学生也会在这个时候收收心，拿起课本啃几天书。

向来门可罗雀的图书馆也只有在这个时候才会感受到强大的人流量。图书馆的自习室内，邵小野埋头做着笔记，而陆向暖和纪迦川两个人则在桌子的另一边小声地讨论习题。邵小野好奇地凑过去一只耳朵偷听，却越听越觉得不太对劲。

“这道题……嗯……这道题简单啊。给你打个比方，你看这里有两张早餐的套餐优惠券。A套餐原价是45.5，你用这优惠券的话就能省下15.5，而B套餐原价是35.5，你用这个套餐券就能省下7.5，昨晚加上今早的饭钱，我一共欠你95块。刚好我这里一共有10张同样的优惠券，我把它们全部给你，正好扯平，互相抵消了。”

说着纪迦川从口袋里拿出今早经过早餐厅门口时得到的免费优惠券，直接塞进鹿唯的怀中。

因为在五天内花去了一个月的生活费，在纪迦川的苦苦哀求和再三保证下，纪父又给他打来了2000块钱，只是这次有了前提条件，就是从今天起，他的生活费全部都由邵小野来保管，但凡需要用钱的地方，都必须要向她提前申请。

当然，这项前提条件，自然又是纪景行“好心”的建议，因为纪景行的“牵线搭桥”，纪父对这个还未见面的邵小野多了几分好感。

每次打电话询问纪迦川的同时，还忍不住和邵小野多谈几句，话里话外都是对纪景行这个小侄儿的赞赏。

这让纪迦川很是不满，不过几天之后，他的心理突然平衡了，因为他发现了一项他称之为“贫民”式的乐趣。

就是疯狂收集各个地方的优惠券、打折卡。

一旦有收到任何优惠券，不管这东西究竟有没有用，他下次必定会将它消费掉，还得意扬扬地同纪景行炫耀自己已经掌握了理财的精髓。时至今日热情依旧不曾消退过，并且乐此不疲，还隐约有了发展下线的苗头。

“你别诓我，我的数学课不差的。”

鹿唯看了半天桌上的零花钱和优惠券，眉头一皱，霍地站了起来，然而他说的下半句话却让邵小野差点没从椅子上摔下来：“这样算下来我还欠你20！”

纪迦川愣了半分钟之久，竟恬不知耻地摊手向他要钱：“对，对，你都对！”

终于，邵小野忍不住开了口：“你们在复习数学？”

语气中都掺杂着浓浓的疑惑。

“是啊，微积分啊！”纪迦川一副理所当然地回答。

邵小野先是狐疑地看了他们两人，继而将视线投注在桌上的书本上，上面赫然写了“常见函数的已知展开式”。

看到这个标题邵小野再也没说什么，只是颇为忧愁地深深叹了口气。

“然后，通过我最近的研究，近几年的英语考题的答案，被我发现了一个明显的破绽。”

“什么破绽？”

“这选择题答案的走向就像股市曲线图，你看我都给你分析出来了。”说着纪迦川从书包里拿出一张皱巴巴的图纸，拿着根笔煞有介事地在纸上指指点点。

“你看看，这是三年前的答案选项，B的形势还算大好，但是近一两年就有点走低，反观A和D两个选项的形势大好。还有判断题，错的概率比对的概率高出了百分之零点三，你考试的时候就全部选错就好，肯定会有一两道被你蒙对的。”

纪迦川说到这，甚是笃定地拍了拍鹿唯的肩膀，俨然一副专业学者的模样。

更可气的是，鹿唯竟似懂非懂地点了点头，将他的胡言乱语奉为至理名言，埋头“唰唰唰”地记了下来。

面对这样另类的复习方式，苦背多年英语单词的邵小野自叹不如，除了忍不住给他俩鼓掌外，连插话的资格都没有。

然而在考试的最后一天，她这才知道原来她堪忧的不仅仅是他们的成绩，而是……

看着学校公告栏上公布的处分通知，邵小野下意识地揉了揉眼睛生怕自己看错，直到身边传来江姜的尖叫声。

“啊——”江姜不可置信地扯了扯邵小野的袖子，“我的偶像怎么可能会作弊？呃……”

面对前面围观的人群朝邵小野她们频频投射注目礼，邵小野急忙捂住了她的嘴，赶紧示意她小声点。

“你说中间是不是有什么误会啊？”

“他们现在应该还在政教处，我去了解下情况。”邵小野转身便朝政教处的方向跑去。

然而当她来到办公室的时候，并没有见到两个人的身影，最后她还是从当时在场的学生那打听到了大概的情况。

原来那次纪迦川在食堂里大言不惭地说他有秘密武器，就是把小抄偷偷写在课桌上。按照过去的惯例，只要不是主修课，一些选修专业的考试，基本都是随意选择座位的，但今年换了个校董，加大了监考力度，改换成系统选座，等到纪迦川来到考场的时候，发现自己的“秘密武器”反而跑到了鹿唯的桌上。

鹿唯没有发现桌子上的猫腻，但是监考老师发现了，当场人赃并获，让人百口莫辩，不过好在纪迦川这个人还算讲义气。

及时站出来承认小抄是自己做的，自己愿意接受处分，不关鹿唯的事。

谁知道，鹿唯似乎把“福难同当”这个词给曲解了，在政教处，竟表示自己愿意同纪迦川一同接受处分。

3

政教处长大概也是第一次听到有人有这样的要求，因此很是大度地实现两个人的愿望，大笔一挥，直接给两人同时记了个大过。

邵小野回来的时候，纪迦川和鹿唯两个人早已经回到公寓里，纪迦川正玩着游戏，而鹿唯在旁边安静地看着他玩游戏，那画面和谐得邵小野都不忍打破。

考试作弊被学校记了个大过，他们居然还像没事人一般，让邵小野气不打一处来。

“你们俩的处分今天都贴在公告栏上了，全校都在议论呢！”

“我知道啊！”纪迦川头也不抬地回答。

鹿唯有些犹豫，正想开口说些什么，却被纪迦川捅了下胳膊，最终还是什么都没说。

“所以呢？”

“所以什么？事情都发生了还能怎么办。”

“你们难道就不打算做点什么来补救吗？”邵小野横眉竖目，似乎很不能理解纪迦川这样消极的应对方式。

“这件事还能怎么补救。”纪迦川终于放下手中的游戏机，表情变得有些玩味，好似听到了一个有趣的笑话般。

“你们这次被记了大过，如果下次再出什么状况，随时都有可能被勒令退学的。”

“那有什么了不起，退学就退学呗，这世界又不是非得读了大学才算得上是完整的。大不了，你以后来我家的公司上班，你是我好兄弟，我绝对不会亏待你的。”

纪迦川煞有其事地拍了拍鹿唯的肩膀，郑重承诺道。

邵小野越听越觉得莫名其妙，她一把拉起鹿唯，并将他推到了自个的身后。

“你自己不学无术，别把鹿唯也往沟里带。对你这个有钱人家的少爷来说，确实无所谓，就算退学了，转身就可以让家里人申请出国留学，重新来过。过几年回国依旧风光无限，但大部分人并不是如此。

“他们没有良好的背景和条件，只能靠努力拼搏才能在社会上找到属于自己的位置。对！大学并不是通向未来的唯一出路，但是如果你连学校的几场考试都应付不了，日后如何面对更多的问题？难道他们也和你一样，还没开始就宣布放弃？”

“你……”纪迦川被邵小野说得有些哑口无言，憋红了一张俊颜，最终把脑袋一歪，一副油盐不进的模样，“我乐意，你管不着。”

“我也懒得管你。”邵小野拉着鹿唯便往外走。

两个人下了楼没多久，鹿唯却默默地松开了她的手。

“其实你误会迦川了。”

“我误会？”邵小野似笑非笑，“纪迦川在伯莱恩的时候就是个出了名的混世魔王。”

“但那个小抄的桌子根本就不是他的。考试的时候，我的桌子被监考老师发现，他就一口咬定是我作弊，无论我怎么辩解都没用，迦川这才站出来一口承认下来。”

“你怎么就确定那个小抄不是纪迦川的？”邵小野狐疑道。

“他的字迹没那么好看。”

这下轮到邵小野沉默了，虽然这个理由听起来略显荒诞，却很有说服力。

“他之前还安慰我说，没关系，他是纪家的人，就算被处分了，也没人敢拿他怎么样。所以才要应承下来，只是我觉得不太公平，就……”

“就算如此，你们没做过的事为什么要承认？”邵小野似乎很不能理解纪迦川的思维逻辑。

“你不承认，他们就信了吗？”倚靠在楼梯口的纪迦川打断了他们的对话。

“你们可别误会，我只是刚巧发现冰箱里没水了，下楼买饮料而已，不是刻意要来找你们的。”下一刻，纪迦川急忙解释道。

说着他越过他们两人，大摇大摆地往附近的小卖部走去。他穿着样式简单的卫衣和宽松的运动短裤，脚下则是双不过百元的人字拖，谁会想到，当初那个金光闪闪的大少爷，如今会以这样休闲而又平民的模样示人？

看着纪迦川如今的模样，脑海中忍不住浮现出当初他刚来到这所学校的时候，各种适应不良，天天咋呼着想要回去，甚至好几次以自杀来威胁。

只不过几个月的时间……

“喂，你真的不打算跟他们解释下吗？”

纪迦川回头，神情淡淡的，由于逆光，立体的轮廓被光线勾出一抹模糊的光晕。

“在学校里，贫富的差距或许被淡化了，但好学生和坏学生的差距，格外明显。一旦贴上标签，就算你好心扶起摔跤的班长，他们都要觉得你是另有所图，算了，我早就习惯了。”

纪迦川轻轻地笑了，而这一笑似乎包含了太多的深意，邵小野不知他曾经历过什么才会让他有如此的觉悟。

考试结束，随之而来的除了盛夏的暑气，还有学生们为之向往的假期。只不过这只是针对能够全部通过考试的同学，对一部分挂科的同学来说，真正的考验才刚刚开始。

纪迦川终于忍受不住，重重地拍了下桌子，猛地站了起来："你这就是侵犯人权，侮辱我的人格。"

"你根本就没有什么人格可让人侮辱的，乖乖坐下写考题。"

邵小野不甚在意对方咋咋呼呼的模样，甚至连眼皮都不曾抬起来过，一副眼观鼻鼻观心的淡定模样。

"太可气了，我简直没法跟你待在同一个房间里。鹿唯，我们走。"

纪迦川眉头一皱，拉起鹿唯就往门口走去，绑鞋带时，还不忘"威胁"邵小野。

"我告诉你，如果你不跟我道歉，今天明天还有后天，我们都不回来了！"

说罢，大摇大摆地走向大门口。

"等等。"

终于，在他的后脚跟迈出门的时候，邵小野叫住了他们。

纪迦川心中一喜，却仍旧不动声色地绷着一张酷脸："怎么，后悔了？你们女人哪，总要在最后关头才愿意服软。"

邵小野将桌上的那堆考卷和笔记全部整理进一个文件袋内，递到他面前。

"既然要离家出走，那么就趁这个时候多做点习题吧。"

邵小野的回答，让纪迦川的脸瞬间被气成了猪肝色。

他没接过那个文件袋，直接甩头走人，倒是跟在他身后的鹿唯朝邵小野露出一个歉意的笑容，接过文件袋，紧跟着纪迦川出了门，不一会儿便听到纪迦川使劲儿跺脚的下楼声，可见怨气不小。

邵小野并没有想要追上去的打算，反而优哉地拿出手机，拍下两人离去的背影。慢慢踱回沙发上，给纪景行发了一条信息。

当天夜里，他俩便回来了，纪迦川见到邵小野也没说话，更顾不得身上的狼狈，二话不说地坐在书桌前默默地抄起笔记来，而窗外则下着淅淅沥沥的小雨……

他进来后不久，抱着一堆护肤保健品的鹿唯也回来了，还很开心地同邵小野介绍自己这一趟出门又买了多少好东西。

如今的鹿唯，是出了名的好脾气，出门总是会被强行推销很多产品，他也不懂得拒绝，于是总买回一堆没什么用的东西。

见到这两个活宝，邵小野默默地叹口气，她明白，让他们两人自己复习能够成功通过补考的概率几乎等于零。

这个时候，她必须得求助外援，她低头默默地拨通一个电话。

“喂，纪学长，我需要场外支援。”邵小野有气无力道。

而电话那一头是纪景行悦耳而低沉的笑声。

4

教室内，一个戴眼镜的男生默默地放下了书本，抬头随意地扫视眼前的三人，冷冷地开了口。

“我以为你这辈子都不会找我来帮忙。”目光最终落在了站在他们中间的鹿唯身上。

鹿唯虽读懂对方别具深意的眼神，却不是很明白自己究竟哪里得罪过他。

这个男生名叫宋泠，人如其名，总是一副清冷难以亲近的样子。念书一路跳级，听说十五岁的时候已经拿到了伯莱恩商学院全额奖学金的录取通知书，只是他嫌弃伯莱恩的校址离自己家太远，所以才选择入读琉光学院。虽然和鹿唯年纪相仿，却已经在读研二，下半年便准备出国，继续深造。绝对可以称得上学霸。

他的面容白净，有一双令人印象深刻的丹凤眼，幽深的黑色瞳仁好似永远敛着寒光。右边眼角有一颗小小的红痣，为那清秀轮廓平添些许特别的味道。

各方面都非常优秀的宋同学，只有一个致命伤，那就是个子不高。鹿唯也是因为吐槽了宋泠的身高问题，才令他印象深刻。

想到这，邵小野只能灰溜溜地摸了摸鼻子，假装失忆。

“答应你们的要求也不是不可能，但我有个条件。”

“什么条件？”邵小野脱口问。

宋泠露出了个意味深长的笑容道：“就是……无条件服从我的命令。”

“这……”对于这个要求，邵小野有些犹豫了，这学期鹿唯和纪迦川两个人的期末考试几乎全线飘红，如果他们在补考后仍有四门没能及格的话，则必须重修大二。

在短时间内将不及格的分数拉升，显然宋泠是最佳并且唯一的人选。

“这是我出的一份综合试卷题，时间是90分钟。如果你们同意我的条件，就坐下把它做完。不愿意的话，自己知道门口在哪。”

说完，他不再搭理眼前的几个人，继续埋首于书本中。

鹿唯先是望了一眼邵小野的方向，犹豫片刻，便默默地坐了下来，开始埋头写着试题；至于纪迦川，他似乎很是反感宋泠这样颐指气使的态度。

“莫名其妙！”他皱了下眉头，头也不回地转身离开。

“你应该没忘记，景行学长在出国前，让我当你的临时‘监护人’吧？”

他的脚步被邵小野的这句话及时遏止住，他倏地回头，恶狠狠地瞪着邵小野，即便脸色臭得很，两只脚还是分外惜命地折回。

向来嚣张跋扈、天不怕地不怕的纪迦川只要一提纪景行，便如泄了气的气球，半点气势全无。

其实邵小野挺意外宋泠竟这么轻易就答应了她的请求，更让她意外的是，宋泠似乎早有准备，居然连测试题都准备好了。

最后，她忍不住感叹了一句，学霸就是不一样，竟然能够未卜先知到这种地步。

宋泠拿着鹿唯和纪迦川两个人批改后的试卷足足沉默了有一分钟。

“现在大学的门槛真是太低了，连初中生都能上大学了。”他冷嘲热讽道。

“明明是试卷的题目出得太刁钻了好不好？如果门槛像你这样设定，能进大学的只有门萨的成员了。”纪迦川愤愤不平。

宋泠轻蔑一笑：“所谓门槛，能力够了就是门，能力不够就是槛，嫌弃我试题太难的人，多半是自己能力不足所致，最好先检讨下自己，怨不得别人。”

“你……”

“好了，今天就到这里，明天五点收拾好一些简单的行李，准时到校门口集合。”说完，宋泠便起身打算离开。

“要去哪里？”鹿唯好奇。

他转头终于露出一个清冷而又浅薄的笑容，言简意赅：“特训！”

“啊……”纪迦川忍不住打了个哈欠，同时抹去眼角溢出的一颗泪珠。

微风吹过几人的脸庞，带着夏日清晨渐渐上升的热度，却又不会太过让人难以忍受。只是纪迦川的脸色却黑得像锅底。

“我感觉这是我人生第一次见到日出。”纪迦川不无夸张地感慨道，“那个小矮子到底在想什么？一大清早把人叫过来，他却不出现。”

“人都到齐了是吗？上车吧。”

他的话音刚落，宋泠的声音便从停在他们不远处的那辆黑色轿车里传来。对于这样突兀冒出的声音几人显然都被吓了一跳，定睛一瞧，车窗里，正是宋泠那张万年冷漠的容颜。

“这家伙一早就到了，害我们白白等了好几个小时，是不是有病啊？”纪迦川忍不住低声抱怨。

纪迦川正要打开车门上车，宋泠却再次叫住了他。

“等一下，你坐到后边去。”

一听到这个要求，纪迦川终于选择原地爆炸：“凭什么？前面明明还有位置。”

他指向后车座余留的一个空位。

“没为什么，愿意就上来，不愿意就算了。”

“你……”

“泠，迦川这次考试就拜托你了，辛苦咯，我回国后一定请你吃饭。”

纪迦川刚想抗议，宋泠手机中纪景行的留言却不紧不慢地响起，他独特的沙哑声线飘荡在安静的街道上，优雅，迷人……不可违背。

正张着“O”形嘴的纪迦川继续保持着那个动作，像是被人按下了静止键。

“你哥让我提醒你，这次补考成绩的通过率不仅关系着你下个月的生活费，更关系着你能不能回纪家。”

宋泠的这句话彻底击碎了纪迦川反抗的勇气，他从震惊中回过神来，嚅动了两下嘴皮，还是没能忍住好奇：“你怎么认识我哥的？”

宋泠勾唇一笑，清冷的双目中尽是嘲讽：“这是个很愚蠢的问题，我建议还是尽量别浪费大家的时间了。”

这句话在邵小野的脑海中一闪而过，似乎是在哪儿听过，有着格外熟悉的感觉。

纪迦川狠狠地瞪了他一眼，表达自己内心强烈的不满和抗议，但身体还是分外老实地走向后备厢的位置。

这辆汽车的第三排座椅，靠近后备厢，空间非常狭小，只适合小孩子乘坐，纪迦川一米八七的身高只能全程猫着身子，非常痛苦。

见到纪迦川如此憋屈的模样，宋泠的心情看起来似乎愉悦了不少。

“小野，迦川看起来有点可怜。”见到蜷缩在后备厢的纪迦川，鹿唯有些不忍道。

邵小野做了个噤声的动作，小声耳语：“所以啊，接下来你可得好好听话，不要惹恼了宋学霸知道吗？”

鹿唯似想到什么，问道：“宋泠看我的眼神也怪怪的，是不是这个身体的主人曾经得罪过他？”

邵小野呵呵干笑了两声，没有回答他的话。

何止是得罪……

# *Chapter 10*
# 往后余生不再有你

1

半个小时后，车子驶离了城市往偏远的郊区行进，在荒无人烟的小路上颠簸了两个多小时后，这才缓缓地停了下来，驶入目的地。

邵小野率先下了车，望着眼前略显荒芜的院落微微一愣，而在路上几乎颠得快散架了的纪迦川，在鹿唯的搀扶下慢慢地下了车子，他的动作僵硬得好似一只扯线木偶般，一向健康的肤色也变得惨白难看。

他扶着车身，干呕了几下后哀怨地瞪着不远处和司机交代的宋泠，几乎想把对方生吞活剥。

“走吧！”

和司机交代完毕，宋泠率先走进那布满青藤的老旧建筑内，其他人也跟随着他的脚步一同步入房间内。

房子很有些年代感，木质的楼梯，青石地板，就连每个房间的大门都是古式的青铜锁，不过虽然布置老式，但房间似乎被打扫过，还算干净，院落的空间很大，房间也充足。

“今后两周的补习特训，我们会一直住在这里，你们可以各自选个房间，稍微整顿下。两个小时后，我们在大厅里集合。”

宋泠简单地安排完毕，便径直朝主卧的房间走去，根本不准备给在云雾中的三人一点时间缓冲。

邵小野同样不明白他葫芦里究竟卖什么药，但现如今她也只能推着行李箱，走进一间较为素雅的卧房。鹿唯和纪迦川分别选了隔壁的两间房。

只是邵小野在整理衣物的时候，隔壁再次传来了纪迦川不耐烦的咒骂声，她放下衣物走进左手边的房间，发现纪迦川正拿着手机满房间乱转，鹿唯也被声音吸引了过来。

“你干吗？”邵小野不解地问。

“这破地方连信号都没有。”纪迦川不满地回道。

被他这么一说，邵小野这才后知后觉地从口袋中摸出手机，发现手机屏幕上信号的位置竟一直显示着“搜索中”。

“没错！想要在短时间内达到及格，你们必须接受更加严苛的封闭式特训，你们应该已经发现了，这里没有通信信号，也就是说，我希望你们在这段时间里能够把所有的精力都集中在学习上。”

“当然，如果你们遇上突发紧急的事需要联系外界，离这边三公里远的地方有个小卖部，那里有公共电话可以用。”

见两个人没有说话，宋泠将两张课程表递给他们，继续道：“这是我制定的每日完成目标，我会严格按照课程表来进行，如果你们哪一项不达标，将接受相应的惩罚。”

“比如？”鹿唯好奇地问道。

宋泠依旧回以莫测的笑容：“到时候，你们就知道了，当然我并不太建议，你们在这方面有过多的好奇。有时候，拥有冒险精神是好事，但是盲目地去冒险，就是近乎蠢。”

他将目光落在一直都不在状态内的纪迦川。

“好了，如果没有什么问题的话，我们现在就开始吧。”

在纪迦川的哀号声中，宋泠魔鬼般的特训正式拉开了序幕。

在特训第二天，邵小野终于见识到了宋泠口中那个所谓的“相应的惩罚”。

因为纪迦川和鹿唯的小测都不及格，当天傍晚他们的晚餐时间即刻变成了头顶饭碗蹲马步一个小时。

而当他们腿部打着战，憋红了一张脸的时候，宋泠则站在他们旁边悠闲地啃着清凉可口的西瓜。

西瓜飘来的甜香和宋泠清脆的咀嚼声简直就是另类的折磨。

暑假的阳光大概是最考验人类忍耐力的东西，泛滥的白光几乎要把地面烤得冒烟，偶尔经过的路人脚步声，听起来就像是燃烧的柴火一般噼啪作响。

这天下午，阳光格外炽烈。邵小野有一下没一下地扇着扇子，炎热似乎让她失去了说话的欲望，所以只是静静地看着手上的小说，偶尔抬头瞄几眼埋头做题的两个人。

因为邵小野并没有挂科，所以这次特训，她是以纪迦川和鹿唯临时监护人的身份陪同前来的。本来以为只是补课，没想到却被拉到这个地方来受罪，她的心中此刻满满的都是后悔。

隔着纱窗隐约可见窗外的苍翠树木，耳边全是不知躲藏在何处的聒噪蝉鸣声。无休止的习题让这个炎热的下午似乎变得更加漫长和烦躁。

鹿唯和纪迦川两个人身上的纯棉T恤早已被汗水浸透，紧紧地贴在背上，别提多难受，偶尔一两丝过堂的微风，还未感觉到些微的凉意，却被更多的热浪侵袭，无异于杯水车薪。

然而，即便是这样燥热的天气，坐在太师椅上的宋泠却依然老神在在，身上仍旧是那件白得出奇的衬衫，衬衫纽扣一丝不苟地扣在最接近脖子的位置。

纪迦川最先爆发了，他霍地站起来，狠狠将手中的笔往桌上一甩，决定罢工！

“这么热的天气根本没法集中精力学习啊！没有空调我也忍了，居然连个风扇都没有，再这么下去，还没考试，我们都得中暑住院！”

听到纪迦川的抱怨，宋泠意外地没有发火，他沉默片刻，似乎想起了什么：“谁说没有风扇的？你们等等。”

说完他转身朝另一个房间走去，听到有风扇，纪迦川的脸上一喜，特训了这么久，头一次期待宋泠快点到来。

当宋泠将一台布满灰尘的台式风扇搬到众人眼前的时候，纪迦川原本神采奕奕的双眼瞬间变得黯淡无光。

他吹了下风扇上的灰尘，烟尘四起，呛得他止不住地咳嗽起来，宋泠将插头插入插座，按下开关键，过了一分钟后，锈迹斑斑的扇叶这才缓缓地转动起来。

三分钟后，纪迦川紧紧盯着仍旧缓慢转动的扇叶，脸更黑了。

“太热了，我真的没法做题了。”

终于，纪迦川双手一摊，彻底瘫软在椅子上不愿再动弹了。

鹿唯见状正准备放下笔，以行动来支持好兄弟的罢工举措，然而推开的试卷，却在邵小野的眼神示意下，默默拾了回来，只好给纪迦川以眼神安慰。

宋泠盯着纪迦川好半晌，难得松口：“好吧，你不想做题，今天就不做吧。”

“真的？”纪迦川来了劲，倏地坐直了身板，言语间难掩喜色。

“嗯，真的！”宋泠第一次回以温柔至极的笑，看得在场的人心中一寒，竟感觉到少许冷意。

于是，当天下午纪迦川成了附近方圆百里小村镇的免费快递员，给东家送水，为西村送菜，替北屋送去外卖，为南边的邮局接收快递。

整整一个下午都在外面东奔西跑，待他回来整个脸都晒黑了一圈，还不如在屋子里做考题舒服。

然而这次快递小哥之旅意外地让纪迦川有所启发，只见他手握拳头，暗自下定了决心。

我一定要修好那台电风扇！

2

然而梦想如同镜中花般美好，一旦投射进现实就容易大打折扣。

第一天晚上，经过了一番敲敲打打，当清晨的第一抹朝阳照进纪迦川的眼睛之中时，他则望着地上的零件，怔怔发呆。

第二天晚上，他继续不气馁地敲敲打打了一夜，太阳初升的时候，他有些愕然地盯着眼前一坨不明之物，有些不敢置信它的前身居然只是一台普通的电风扇。

第三天，当他准备继续挽起袖子大干一场的时候，邵小野终于坐不住了。

“纪迦川，放弃是个好东西，你要不多正视下它？”邵小野顶着两个厚重的黑眼圈，有气无力道。

“不行！”纪迦川意外坚定地拒绝了邵小野的提议，“爱迪生不是说过成功的必然之路就是不断地重来一次？如果不是他日复一日地坚持，也不会迎来今天的光明，所以我相信只要我也日复一日地坚持，终将迎来我们的光明。”

“也有可能就此迎来了秋天。”不知在门外站了多久的宋泠，终于不咸不淡地回了一句。

经过几日的相处，纪迦川似乎已经习惯了宋泠的冷言冷语，他没有辩驳，只是略显不满地撇了撇嘴。

宋泠伸出手，意外地递给他一根棒棒冰，棒棒冰就是很普通的那种一元一根的长条冰棒。

但是……这是那个向来冷漠疏离的宋泠第一次主动示好，即便这份善意有些廉价……

因此，别说是邵小野当场傻眼了，就连纪迦川都微微愣住。

“别误会，这是你给小卖部老板送快递的酬劳。”

“哼，这酬劳可真低。”纪迦川嘴上嫌弃，手上却还是很自觉地接过了那根棒棒冰，张嘴咬了一大口。

当那股冰凉从口齿散发开来，直接淌过肺腑流进心中，带来的凉意和甜味让人身心都觉得意外地通畅。

“好冰，好爽！”纪迦川满足地喟叹了声，笑弯了眉眼，露出一抹餍足的浅笑。

此时，那些山珍海味皆被他抛诸脑后，眼前的这根不起眼的棒棒冰才是世上最好的珍馐。

“傻瓜！”宋泠那张食古不化的冰块脸居然带着浅浅的微笑。即使只有一点点，也让人觉得犹如春风拂面般迷人舒适。

“早点睡吧，别再折腾这堆破铁了。”宋泠下了“圣旨”。

“可是……”纪迦川还有些犹豫。

“如果你今晚再吵得我们睡不好觉，明天我可不只让你去送快递，劈柴都有可能。”

听到这句威胁，纪迦川这才恋恋不舍地收起脚边的工具，放弃继续折磨大家的耳朵。

然而，第二天小测的时候，宋泠竟不知从哪又变出了一台立式电风扇，虽然还是那么老旧，风力也不强，但聊胜于无。而经历了几次在外顶着酷暑劳动的折磨之后，纪迦川竟开始感到学习的好，每日里自发乖觉地复习、做题，没再整出其他的幺蛾子来。

渐渐地，大家似乎都适应了特训的节奏，虽然这里的日子比不上大城市来得舒适清闲，虽然偶尔仍会出错被罚，三人的课堂仍旧吵吵闹闹，却不似刚来时那般难熬了。

至于来这陪读的邵小野，并不在宋泠的特训成员名单内，所以也没有限制她的人身自由，有时候觉得无聊了，便会起身四处走走逛逛。

带来的书本全都看了个遍后，她终于决定好好参观下这个小院落。

从侧门往后走，院子竟别有洞天，尽头是一座更为破旧的小屋，地处偏僻，粗糙的门板隐约透着一条缝隙，透过缝隙往里看，屋内一片漆黑。

邵小野有些莫名，本打算转身离开，好奇心却硬生生拉住她即将离去的脚步，终于，她推开了充满神秘的小房间。

啪!

她按下门边的电灯按钮，环顾四周，可这一瞧，生生愣住了。

这个不过几平方米大小的小房间内，满墙都贴着鹿唯和她的照片，旁边还用红笔做标注，从最初出生的医院到就读的小学，成长的地方……密密麻麻地写了满满一面墙。

看到这，邵小野只觉得一股毛骨悚然的冷意瞬间传向四肢百骸，鸡皮疙瘩爬满整个手臂。

而本来没有任何网络信号的地方却摆放着一台电脑，电脑显示着动态的屏保，屏幕中的图标慢悠悠地晃动着。

她下意识地朝电脑靠近，手指才刚接触到空格键的时候，一道清冷的声音突然打破了室内的安静。

“别动！”宋泠的声音在门口响起。

邵小野被宋泠的声音吓了一跳，但手指仍旧停顿在键盘上面，她面色复杂地望着眼前表情依旧冷然的宋泠，觉得此刻的他显得格外陌生。

“你……”邵小野开口，只是才一个字，就不知该如何说下去。

宋泠的神色平静，即便被抓包也没有太多的惊慌，他径直地朝邵小野的方向走近，而邵小野则防备地后退几步，与他保持一定的距离。

她学过一些防身术，估量宋泠目前的身形，五分钟之内放倒对方，她还是有些自信。

“你这样贸然动我的电脑容易被防火墙挡住，并且自动删除我电脑里的所有信息，而病毒也会通过蓝牙干扰附近所有的手机和电器。”

宋泠弯腰，手指在键盘上快速地敲击了一串字符之后，电脑显示出里面的真面目。

“你不是好奇电脑里的东西吗？”宋泠大方让出位置。

邵小野先是半信半疑地看了他一眼，这才将注意力集中在了电脑上，然而看到电脑上的内容时，她再次诧异。

“你是……X先生！”

他双手环胸，清浅一笑：“很意外吗？”

“呃……”邵小野有些尴尬地摸了摸鼻子，“我一直以为X先生是个大叔，就算没有三四十，也大概像顾城那种类型的，只是怎么也想不到……居然是你！”

邵小野对于宋泠的了解并不深，只是听说他在大三的时候突然跨专业选了一个和现在的专业完全没关系的专业就读，最后仍旧以第一名成绩完成了两个专业的双修，并且成功考研继续深造。

在宋泠的描述中，邵小野这才知道，原来他最先开始对心理学这个专业感兴趣，正是大三无意之中听了邵小野的母亲曾教授的一场演讲。

演讲结束后，他开始对临床心理学感兴趣，甚至特意找到曾教授告诉他自己的想法，曾教授什么也没说，只是递给他一张自己的名片，拍了拍他的肩膀便离开了。

两年后，他以研究生的身份前往美国参观了曾教授所在的研究所，而那次深谈之后，曾教授便问他是否有兴趣挑战一种特殊的病例。

那就是鹿唯所患的科塔尔综合征，因此他开始慢慢地注意起鹿唯和邵小野。

“如果不出意外，明年，我会以实习生的身份和你母亲在同一家研究所工作了。”宋泠的声音依旧淡淡的，但可以看出他对这事抱着无比的期待。

“可是，你为什么要一直隐瞒我呢？”

3

“怎么回答？突然间跳出来，说一声，嘿，我就是你要找的X先生？你确定不会把我当神经病，暴揍我一顿？”

邵小野被他的话给彻底逗乐了，“扑哧”笑出声来，予以肯定地点点头：“会！一定会的。”

他抬了下眉毛，自嘲的同时满含无奈道："没办法，我不想我的智商在为我的身高担忧的同时，还要为我的人身安全担忧。"

"可是，就算是这样，但为什么到现在我们这么熟悉了，你还是没有开口告诉我呢？"

"我觉得并没有说的必要，无论是见面还是不见面，我们的交流都没有任何的障碍。"

邵小野沉吟了片刻，才再次开口："我觉得并不是，你是刻意想和我们划清界限。关于病人和医生的界限，而非朋友。"

对于这样的论调，宋泠不置可否。

邵小野转头推开了窗户，窗外一片绿意，热浪顷刻间扑面而来。她深深地吸了一口空气，转头看他："宋泠，是个很美的名字。上葳蕤而防露兮，下泠泠而来风。取这个名字的人，或许对你有什么特别期望呢？"

"什么期望都没有，不过是无意间翻到字典看到而已。"宋泠仍旧不咸不淡地应答，仿佛在说着一件事不关己的事般。

"宋泠，病人和朋友的界限一定要划分得那么清楚？"

他忽地抬头，盛满湖水的双目清澈、明净，干净到近乎空无一物般。

"你错了，我这里根本就没有所谓的界限，因为我从来没有朋友。"

夏日的微风从敞开的窗口将少年的白衬衣吹得衣角翻飞，发梢顺着风势轻扬。

"当然将来也不需要。"他想了想将下半句接上。

"这是学霸的最终境界吗？高处不胜寒。"邵小野轻笑。

"俯瞰高处有之，但寒……我并不觉得。"

"可是……没有朋友，你不觉得孤单吗？"

"有时候，有也一样的。"

他云淡风轻地一笑，眼睛里像起了大雾，声音湿润且柔软地散在空气里。

时间伴随着窗外聒噪的蝉鸣声，不紧不慢地又度过了几天，转眼竟来到了特训的最后一天。

夕阳的余晖缓缓地落在宋泠的头顶上，站在白板前的消瘦剪影也缓缓地停下了动作，白板笔在板书的尾端落下了停顿的黑点，表示这一切的结束。

"好了，今天就到这里。"宋泠转身，默默地盖上笔帽，作为最后的结束。

"耶，终于结束了。"纪迦川伸了个大大的懒腰，开心地欢呼着。

"嗯，今天大家早点休息吧，明天还要早起返校。"

“休息什么啊！”邵小野此刻也合上课本，“好不容易结束，我们今晚要不要开个庆功宴？”

“都还没考试，就一定成功？”宋泠仍不住泼冷水。

“以本少爷的实力，补考还不是手到擒来的事？”

“是啊，学霸难道你是对自己没自信？”邵小野也趁机挤对他。

“笑话。”

“就是啊，就算不提前庆功，也该有个慰劳party（聚会）才对。”憋了许久的纪迦川恨不得举双手双脚同意。

“那……要怎么庆祝呢？”鹿唯问。

“是啊，这荒郊野外的想要去吃饭唱K的地方都没有。”原本还分外兴奋的纪迦川一想到现有的条件限制，瞬间蔫了下来，耷拉着脑袋，如同被暴晒了一天的花朵，瞬间没了生气。

邵小野思考片刻，提议道：“要不我们烧烤吧。去附近的小超市买点丸子、鸡翅、蔬菜和酱料什么的，再到院子里捡些干树枝……”

“好主意，我现在就去超市。”

邵小野的话还没说完，纪迦川风风火火地就要出门去。

“等一下，我跟你一块去，不然你又要乱买东西。”邵小野急忙拉住几乎要飞奔出门的纪迦川。

“嗯，那我去院子捡些干树枝回来。”鹿唯说道。

“等一下。”一直被冷落的宋泠突然叫住了他们。

三人回头，目光齐刷刷地定在了他的身上。

“厨房有烧烤架，谁过来帮我一块搬出去。”沉默了许久，宋泠脸色不甚自在地开了口，“离这不远有条小溪，可以去那边烧烤，那附近有片松树林，捡点松果来用，效果更好。”

生怕别人误会，宋泠忍不住补充了句：“免得你们弄脏了我的院子。”

空气再次陷入了沉默，纪迦川一把勾住了宋泠的脖子，似乎第一次面对这般亲密的接触，宋泠脸色一变，身体瞬间僵直，就连脸上也有可疑的绯色，却最终还是没有把对方推开。

“真想不到你才是真正的行家啊！小子，你藏得可真深啊！”

夜阑人静，月洒清辉，清晰的流水声使周围显得更加静谧。盛夏特有的闷热随着夜晚的来临消散了些许，尤其双脚泡在冰凉的溪水中，瞬间转移了体内多余的热气，整个身心都变得愉悦不少。

柔嫩的鸡肉味道仍旧残留在唇齿间，再喝上一口泛着冷气的汽水，瞬间感觉人生圆满了。

无比满足，无比肆意，仿佛之前发生的种种不快，之后即将发生的一切烦恼，都可以在这个时候抛得远远的。

而谁能想到在几个月前，原本没有任何交集的几人，此刻却一起互相打闹取乐，宛如多年的挚友般。

谁又能想到当初那个娇生惯养的大少爷现在正一脸满足地啃着略带焦味的鸡翅，喝着不过几块钱的汽水。

看起来完全不搭调的人和画面却在此刻意外地和谐。

烧烤到后半部分，纪迦川缠着鹿唯要唱歌，而邵小野和宋泠便在不远处的溪边泡脚。

“所以从那次梦境之后你再也没有见过真正的鹿唯了是吗？”

“嗯，只是我还不是很肯定，那一夜到底是我的梦还是真实的。”

他下意识地朝鹿唯的方向瞟了眼，浮出几分不解：“从那次医院之后，陆向暖的人格一直待到了现在？其间居然没冒出其他人格的迹象吗？”

邵小野摇头。

宋泠再次沉默，白雾般的月光洒落在那微微蹙起的眉尖。

“这时间也太久了，不是好的迹象。”

邵小野心上一紧：“你的意思是……”

“鹿唯可能……已经消失了！”

4

“哗啦！”

飞扬而起的水珠子在月光下折射出剔透晶莹的光泽。

宋泠抹去落在脸上的水渍，身上的衣服却因为对方突然抬脚踢水的动作而湿了大半，他脸色一沉，面露愠怒：“你在干吗！”

“鹿唯，他不会就这么离开的！”邵小野梗着脖子反驳。

“怎么？现在才觉得舍不得了？如果舍不得，当初为什么不好好挽留呢？”

“我……”

“哇……唠……”

邵小野刚想辩驳，不远处却传来了纪迦川难受的呕吐声，而鹿唯则在一边拍打他的后背，试图让他能够舒服一点。

邵小野看了一眼宋泠，率先离开了溪边，朝他们走近。

“纪迦川又怎么了？”

“不知道，吃着烧烤突然就吐了，会不会吃坏东西了？”鹿唯解释，面露担忧。

邵小野侧首看着正难受的纪迦川，鼻尖却隐约闻到一些酒味。

“你们没买酒吧。”

“没有啊，都是一些汽水，哦……因为店里没有酒精，买了一小瓶白酒用来引火和消毒烤架……”

说着，两人的视线统一望向不远处放着白酒的架子，原本还剩大半的白酒此刻只剩下个空瓶子。

两人相互交流了一个意会的眼神，答案呼之欲出。

“纪迦川喝醉了，要不我们先回去吧。”邵小野提议。

“我……我不回去！”听到回去，本醉得厉害的纪迦川突然来了精神，大着舌头反驳。

下一刻，大颗大颗的泪水居然从他的脸上滚落，眼瞧着还有加大的趋势。

邵小野微微一惊，神色复杂：“好好的怎么就哭了啊？”

醉酒的纪迦川似乎变得脆弱又敏感，他竟然不顾任何形象，拉住鹿唯的袖子一顿抹，眼泪鼻涕都擦在鹿唯的衣服上。

“哎哟喂，我哪里是哭！本少爷这是开心，是喜极而泣，懂吗？哎……原来……有兄弟的感觉真好！有朋友关心的感觉真爽。偷偷告诉你一个秘密，别看我看起来很风光，周围天天围着一群人，其实……其实……我只有一个人……一直都……只有我自己……”

泪花泛滥，纪迦川有些语无伦次起来，而在场的三个人却都沉默了，看来每个人光鲜的背后都承载着不同的伤痛。

“鹿唯……我的好兄弟！”纪迦川红着眼眶，郑重地拍了拍他的肩膀，抽噎道，“当你第一次把钱借给我的时候，你知道我在想什么吗？这个世界上居然真有人会把钱借给我，我是什么身份？全校的人都知道我可是纪氏的三少爷。当我跟以前的朋友借钱的时候，他们都觉得我在开玩笑，只有你居然想也不想地把钱借我，你真是个傻瓜啊！”

醉酒后的纪迦川，絮絮叨叨地说了许多。

“来来来，我们继续开心。”纪迦川拉着鹿唯走到一个横亘在地上的粗大树干前，他们倚靠在树干上，纪迦川转身从树干后拿出一把吉他。

“今天小爷兴致特别好，特地为大家演唱一曲。”

说着，他吸了吸鼻子，胡乱地抹了下脸上的泪水，将吉他推到鹿唯的怀中：“来，你来给我伴奏。”

鹿唯怀抱着吉他有些慌乱无措：“可是，我是个音痴，对唱歌一窍不通，更不会弹吉他的。”

鹿唯正想把吉他递还给他，谁知纪迦川却固执地按住了他的手臂，坚定地点了点头：“你会的！没事，你就弹你最拿手的那首歌。”

“这……我真的……”

“喂，纪迦川你醉了。”

见鹿唯一副为难的模样，邵小野有些不忍，正打算上前阻止这场闹剧，不想手臂却被身边的宋泠给拉住，他摇了摇头。

至于不远处醉眼迷离的纪迦川，则以食指抵住嘴唇，做了个噤声的动作。

“嘘，表演马上要开始了，底下的观众保持安静！”

他哆哆嗦嗦地从口袋里摸出了手机，按下一串号码，将脸贴在手机屏幕上，月光下的笑容多了几分酣然。

“喂，是我。你应该还没睡吧？嗯……也没什么大事，就……就想唱首歌给你听。”他转头眼神示意鹿唯，鹿唯先是有些茫然，最后似乎也决定豁出去。

他深吸一口气，目光落在琴弦上，右手徐徐抬起，轻轻拨动琴弦。琴弦悠长颤于指尖，在空气中发出铮铮的声音。

琴音虽单调，却在静谧的夜色中格外通透，伴随着潺潺的流水声，令浮躁的心情逐渐平静下来，几次简单的扫弦后，竟隐约可以听出曲调来，拨弄琴弦的指尖越来越顺畅，最终连绵成一首耳熟能详的曲子。

而纪迦川迎着月光缓缓扬唇，低声哼唱。

“走在风中，今天阳光，突然好温柔，天的温柔，地的温柔，像你抱着我……”

蛐蛐隐匿在草丛之中欢快地唱着，木炭的余温偶尔响起几声轻微的爆破声，周围的小飞虫迎着火光盘旋飞舞，哭过后的腔调带着一股嘶哑的磁性，调子未必都能跟上每个节奏点，却因过分真诚而让人动容。

“天边风光，身边的我，都不在你眼中，你的眼中，藏着什么，我从来都不懂，没有关系，你的世界，就让你拥有，不打扰，是我的温柔……”

平静无波的眼睛落在远方，没有焦距，翕动的唇瓣仍旧麻木地唱着歌词，泪水却无意识地一次又一次地滑落。

“如果有，就让你自由，这就是我的温柔，这就是我的温柔……”

“虽然，我从没当着你的面说过，但你应该知道，我喜欢你，这是我第一次表白，也是最后一次告白，从今天起，我，纪迦川不会再喜欢你了！”

说完，他竟靠在鹿唯的肩膀上，呜呜地哭了起来，然而手机屏幕上则一直显示着未打通状态。

“初闻不知曲中意，再听已是曲中人。”向来冷硬的宋泠，似乎也被这悲伤的气氛感染，轻叹了口气。

有时候我们喜欢一首歌，并不是因为这首歌多动听，而是觉得歌词里的主角像极了自己。

音乐这东西，开心的时候入耳，伤心的时候入心。真正动人的不是那句歌词，而是你生命中那些关于这句歌词的故事和……那个你无法忘却的人。

此刻，谁也没有多说一句话，只剩下抽泣声在夜色中渐渐飘远。

鹿唯背着哭累昏睡过去的纪迦川，走在乡间的小路上。或许是因为刚才的事，这时大家的心情都覆上一层阴霾，就这样默默地走着。

“对了，鹿唯，原来你还会弹吉他啊！”邵小野率先开口，缓和压抑的气氛。

“我不会啊！”鹿唯想也不想地回答，“我以前完全没接触过，只是刚才一碰到吉他，就自然而然地弹出来了，可能，我还是有点天赋。”

原本和几人拉开一定距离的宋泠微微一愣，朝鹿唯的方向望去，若有所思。

鹿唯腼腆地笑了笑，谁知一直趴在他肩头上的纪迦川却突然插嘴：“你少往脸上贴金，这不是你练了好久的曲子吗？之前还说想要练好了，唱给喜欢的女生听呢！”

“哇，你有喜欢的女生了？”邵小野一惊。

鹿唯的脸腾地一下红了，急忙摆手否认：“没，才没有的事。”继而他转头对趴在他肩头上的纪迦川说：“你要是醒了的话，就下来吧！”

“不要！我头晕。”纪迦川赶紧装晕，趴在鹿唯的身上不愿动弹了。

## *Chapter 11*

# 被时光掩埋的秘密

1

原来纪迦川和鹿唯去KTV唱歌那次，因为纪迦川醉得实在厉害，鹿唯并没有直接带他回家，而是先带他去学校附近的沙滩上吹吹海风，醒醒酒。

纪迦川一反之前嬉笑打闹的模样，直挺挺地躺在沙滩上，双眼无神而又空洞地望着无垠的夜空，任由海浪一次又一次地拍打着脚底板。

不知过了多久，纪迦川没头没脑问了一句话：“你说放弃了一个喜欢很久的人是什么感觉？”

见对方许久没有回应，他忍不住扭头瞧，不知何时原本与他肩并肩平躺的鹿唯，这时却背对着他侧躺着，他的背影看上去安静极了，仿佛睡着了一般。

他轻轻地叹了一口气，酒气蔓延，酒精在胸腔内发酵，最终也疲惫地闭上了眼睛，静听海浪的声音，原本悲伤得不能自已的心情似乎也在此刻慢慢沉淀了下来，得到短暂的治愈。

“还是会想起她，却没有勇气主动联系她了。因为每次兴起这个念头，都觉得是打扰到了对方。”

就在纪迦川快要睡着的时候，鹿唯终于开了口，不知是否受到凉薄的夜色影响，出口的声调也不似平常那般清澈阳光，他的声音很轻很缓，带着几分恍惚的语调。

“是啊！”

纪迦川重重地叹口气，似乎想将心中郁结、悲伤而又苦痛的心情，全部化成这一股叹息般，他慢慢地阖上了眼，泪水湿润了眼睫，在眼角凝聚，最终顺势滑落。

身边轻微的衣料摩擦声响起，继而是脚步声渐渐远离的“唰唰”声响，他没有睁眼，也懒得睁开眼，酒精让他整个人都感觉疲惫困顿极了。

“铮铮……”一串清脆的吉他音在身边响起，纪迦川这才忍不住睁开了眼，身边的鹿唯正抱着一把不知从哪借来的吉他，他将琴箱靠在腿上，左手拇指轻放在琴颈，其他手指依次放在对应的品格上，颇有架势。

“喂，你刚才在包厢里那五音不全的调子已经够可怕了，你现在还要继续魔音穿耳，好了，好了！真是怕了你了，我现在酒醒了，回去吧。”说罢，纪迦川蹒跚地爬起身，拍了拍落在身上的沙砾，才刚迈开几步，却听到背后流畅的弹奏。

他微微一愣，目露诧异地望着鹿唯，却发现此刻的他似乎和平时不太一样，那股如沐春风的气场早已消失无踪，取而代之的是绝世独立的清冷。

“你不知道当时那个场景，都把我看蒙了，鹿唯坐在那里的模样，啧啧啧……想不到世界上居然还有比我帅的人，先说明我可只承认那一次，平常还是我比较帅气一点。”

机场里，纪迦川同邵小野侃侃而谈，关于他为何知晓鹿唯会弹吉他的秘密。

考试结束，陆唯和纪迦川两个人不负众望地成功通过了补考，然而新学期到来不久，纪迦川因爷爷心脏病发，不得不前往美国探望。而鹿唯则去参加书店的活动，一时回不来，宋泠对于送机这种浪费时间的无聊仪式表示唾弃，因此最后只剩下邵小野一个人来送纪迦川，让他心里安慰一些。

“哈哈哈，所以因为失恋打击，你干脆就剃了个板寸头？”邵小野失笑打趣。

“喂喂，这才不是失恋，这叫作重生好吗！”他认真纠正。

邵小野敷衍地点了点头，忍不住地踮脚，摸了摸他的刺猬头，予以正面评价：“嗯……手感还不错。”

如果换成过去的纪迦川，他早就跳脚嚷嚷了，然而如今他只是微笑着纵容了她的胡闹。

是的，同邵小野与鹿唯相处的这段时间里，他也在改变着，明白什么才是真正的朋友，不是字面上那简单的两个字。

“喂，你到底还要不要听我把话说完？”纪迦川说着护住了脑袋，禁止对方继续“施虐”。

“好吧，你说。”嬉闹过后，邵小野这才笑嘻嘻地住了手。

“弹完后，他就说……”纪迦川一边说着一边回忆着当时的场景。

一曲弹罢，鹿唯抬头，纪迦川仍旧怔怔地愣在原地，半晌没能反应过来。

“你喜不喜欢《温柔》这首歌？我一直很努力学习这首歌，想要让她知道我不是只会画画而已，想要有那么一天，当我足够优秀、足够勇敢的时候，唱给她听。告诉她：‘我很喜欢你，喜欢到愿意把所有的温柔都留给你，所以你可不可以一直陪在我身边，十年，五十年，然后一辈子……’”

“只是……后来，我才明白，原来……放一个人走，也是你留给对方最后的温柔。”

原本眉眼带笑的邵小野听到最后默默地敛去笑容，目光沉沉。

“就是这样了……喂……小野你没事吧？”

纪迦川还未说完便觉得邵小野的状态不太对。

眼前的邵小野突然流下了两行清泪，他略显慌张地望着周遭指指点点的人，笨拙地安慰："你别哭啊，怎么好好的就哭了呢？"

邵小野没有回答他，而是抹去脸上的泪水，转头跑出了机场。

她风风火火地推开了主编办公室的大门，刘海早已被汗水浸湿，紧紧贴着额头，然而她却顾不得自己的狼狈。

桌旁的鹿唯正面对着漫画书上的扉页模仿之前的笔迹签名。见到突然冲进来的邵小野微微一愣，顾城也是一怔，水杯放到嘴边都忘了接下来的动作。

"少爷，你不是去送纪……"

邵小野没理他，径直走到鹿唯的面前，她胡乱抹了把脸上的泪痕，双手握住鹿唯的肩膀，神情是从未有过的认真。

"你告诉我，你到底是谁？"

鹿唯有些莫名，却仍旧耐着性子询问："小野，你还好吗？是不是哪里不舒服？"

"你告诉我，你是鹿唯对不对？"

邵小野近乎固执的眼神让顾城略感不妙，他急忙上前劝阻："小野，他是陆向暖，不是鹿唯。"

"你说，其实你是鹿唯对不对？"

哭红的眼圈再次蓄满晶莹的泪珠，还来不及拭去，便"啪嗒"一声滑落，碎得彻底。

在鹿唯即将离去的那天夜里她不曾哭泣，在宋泠告诉她，鹿唯有可能消失的时候，她不曾落泪，却在今天纪迦川告诉她，鹿唯心心念念想弹一首曲子的时候，她最终还是爆发了。

原来一直以来拼命抑制住的想念，只是缺少一个引燃线头的火星子。

顾城第一次见到哭得这般伤心的邵小野，像悼念某个离去的人似的。她哭到最后根本连一句完整的话都说不出来，只能一个劲儿地抽噎着，好似随时会在下一刻昏厥过去。

"小野，你还好吗？发生什么事了，别吓顾大哥。"顾城被邵小野这样的哭声吓坏了。

鹿唯也不知如何是好，最终只能微微叹息一声，将邵小野轻轻地拥入怀中，温柔地拍着她的肩膀轻声安抚着。

"虽然我不知发生了什么事，让你哭得这么伤心，但……一切都会好起来的。"

是的，没有人知道到底发生了什么事。

只有邵小野一个人知道，这个拥抱不同，而那个人也不在了。

只有邵小野知道，原来那天搀扶着醉酒的纪迦川回来的人就是真正的鹿唯，不是做梦，不是臆想，他真实地回来过，只是他那次回来只为道别，继而彻底消失……

只有邵小野知道，她哭得再撕心裂肺，那个人也不会心疼了，这是他给予她最后的温柔。

邵小野最终还是没有告诉他们，究竟发生了什么事，只是经历了号啕大哭之后，她逐渐平静了下来，脸上再没有露出一丝多余的表情，转身便离开了办公室，如来时一样毫无预兆。

2

那天之后，邵小野再也没出过家门，顾城来过，江姜和林雪音来过，甚至是鹿唯亲自来敲门，她也不作多余的回应。

直到这天夜里，她照例听到了敲门声，却继续蜷缩在床上，充耳不闻，谁知过了不久，却隐约听到了门锁被打开的声响。等到她反应过来的时候，宋泠早已站在门口，手上是开锁匠专用的开锁工具。

“出去。”

邵小野抬头看了眼宋泠，继而埋首在双腿间，闷声下着逐客令。

宋泠假装没听见，环顾房间，找到了墙边的灯的开关。骤然而至的亮光让邵小野不适应地微微一颤。

“看你现在这愚蠢的模样。”宋泠保持着他一贯的风格冷讽道。

“以你现在的样子，怎么找回真正的鹿唯？”

听到这句，邵小野倏地抬起脑袋，紧盯着眼前的宋泠，判断他话里的真假：“你有办法？”

宋泠没有正面回答她，而是低头看了眼时间：“给你三分钟的时间，收拾好自己，我在客厅等你……”

宋泠话还没说完，邵小野一骨碌爬起来，冲向浴室，不一会儿便听到哗啦啦的洗漱声。

望着在厕所忙碌的背影，他的薄唇勾起，露出意味深长的轻笑。

“催眠？”听到宋泠的解释，邵小野微微一愣。

“对！我们可以通过催眠，以唤醒鹿唯的某些经历或者激发其主人格的出现。当然催眠并不像电视剧里说的那样神乎其技，它只是一种临床心理治疗技巧，与潜意识密不可分。而所谓的潜意识就是隐藏在意识下的巨大信息储备库，继而把一些想法推送到意识的层面。”

见邵小野一脸懵懂，他继续解释：“催眠者会越过我们的意识，从而直接与对方的潜意识进行交流，由意识带来的外在信息被屏蔽之后，这些暗示会触发我们最原本最真实的想法和感情，甚至可以通过一些特殊手段进入潜意识内，深层挖掘被催眠者故意选择性遗忘的记忆。”

“所以，你的意思是说，如果你成功催眠了陆向暖，不仅能够和真正的鹿唯交流，而且有可能知晓他过去究竟发生了什么事，找出他发病的症结所在？”听到这，她忍不住一阵暗喜。

“但是问题在于这种操作存在一定的风险，而且催眠鹿唯的人，不是我，而是你！”

“我？”邵小野震惊得有些合不拢嘴，“我从没学过催眠术啊！”

“催眠的成功条件是催眠者和被催眠者之间需要有绝对的信任。而鹿唯的案例过于特殊，而且他封闭自己这么多年，我并不认为他能够被我成功催眠。因此，我会尝试先催眠你，再以你为媒介进入鹿唯的潜意识当中。而你……就当是做了一场梦罢了。”

“催眠师和催眠术在国内并不算普遍，而且这种方式的催眠只是我的一种设想，具体实施起来会发生哪些状况都是无法预估的。”

他在说这些的时候，邵小野始终一言不发。

“我愿意尝试。”鹿唯推门而入，他目光落在邵小野身上一瞬后，继而转向宋泠身上，“抱歉，大门没锁。”

邵小野一愣，继而转头望向宋泠，宋泠则不置可否地耸了耸肩：“是我邀请他来的，毕竟他是当事人之一。”

宋泠走后，房间内只剩下邵小野和鹿唯两个人，气氛不知为何变得尴尬起来。

面对眼前的陆向暖，邵小野不知该从何开口。

“那个……宋泠都告诉我了，关于真正的鹿唯和……”他率先打破平静，继而苦涩一笑，“我究竟是以怎样的个体存在。”

“我……”邵小野本想安慰他，却发觉自己竟是最没资格的那一个。

“我真傻，竟真相信自己是个漫画人物呢。”他失笑。

“对……对不起！”邵小野这才觉得当初的谎言是多么可笑幼稚。

“没关系的，真的。如果是你，我觉得可以尝试。”面对邵小野的欺骗，他依旧选择原谅。

鹿唯轻轻抚摸着邵小野的发顶，这种感觉温柔而又令人怀念，邵小野有一刹那的晃神，这样的动作和画面多么似曾相识……

“不过也对，如果真的鹿唯回来了，我就会消失，和漫画的人物有着一样的结局……

“你很想他，对不对？所以每次看我的眼神总像在寻找什么，继而是掩饰不住的失望……

“我很满足了，能够认识你，认识迦川、宋泠、顾城……已经很好了，这样就很好了……

“原来鹿唯身边有这么多好朋友，真是让人羡慕。”

他的语速不急不缓，娓娓道来，没有悲喜，却听得邵小野心中发涩，眼眶微红。

“只是，我无论怎么样，多么努力，还是比不过那个鹿唯是不是？”

“不是的。这个世界上不是谁比较好，谁就适合留下来的。我觉得你很好，但……如果鹿唯就这样离开，我……我会不甘心的。”

说到最后邵小野低下了头，放在膝盖上的五指收紧，握成了拳头。

“嗯，那么邵小野，我能最后拜托你一件事吗？”

“什么？”

“请记住我好吗？我叫陆向暖，日光向暖……”

话未尽，他便起身离开，开门的刹那，身形微微一顿，他回头望了邵小野一眼，欲开口说些什么，但最后什么也没说，径直离开。

听到房门咔嗒阖上的声响，邵小野有些茫然，房间早已空无一人，音箱内仍旧播放着轻音乐，只是音乐的声音越来越小，最后戛然而止，感觉就像是整个世界都静止了一般，似乎连挥发在房间内的精油香气，都可以看到它们飘浮在空中的小颗粒。

邵小野起身，朝门口走去，当她打开房门时却是另一番景象。

阴暗潮湿的地下水道偶尔能听到水珠落下的滴答声，头顶上方的白炽灯因短路发出吱吱的声响，苍白的光线只照亮了方寸的大小，前后都是一望无际的黑暗，门不知何时已消失不见。

邵小野有些茫然，她这是在梦中吗？

这是她脑海中的第一个反应，然而水珠落在肌肤上冰凉的触感却又是那么真实……

就在她怔忪的瞬间，震耳的脚步声朝这边靠近，地面随着脚步轻微震动着，邵小野有些惊恐，下意识地后退了几步，然而就在她即将离开眼前的光明区域时，她又有些犹豫了。

“跑！”

这时，冰凉的触感突然拉住她的手，邵小野下意识地打了个寒战，本想抽回手，却发觉对方拽得死紧，她被迫离开了这片光明的区域。

而身后的那个巨大的脚步声似乎也开始逐渐加快速度，险象环生的极限奔跑加速了邵小野的恐惧，但不知为何这种感觉既可怕又隐约觉得熟悉，仿佛自己也曾经遭遇过这样亡命的逃跑。

不知奔跑了多久，眼前不远处的洞口出现些微光亮，光亮越来越大，最终笼罩全身。当他们蹦出下水道口时，眼前豁然开朗。

头顶是晴空白云，而视野所及之处是大片的麦田，微风拂过，麦子的香气瞬间平复了刚才紧张的心情，密密匝匝的麦粒砸在手心，带来轻微的触感。

“你……”眼前的男生仍旧拉着她的手慢慢地朝麦田中心走去，邵小野忍不住开了口。

走在前面的男生在这个时候突然转过头来。

3

“鹿唯！”

邵小野猜测，只是她的视线才撞上对方的目光，却发现里面均是细细碎碎如阳光般的笑意，他竟“咯咯”地笑出了声，连带胸腔都微微起伏。

不对，鹿唯不会这样对她笑的。

“陆向暖？”她再次猜测。

他止住了笑声，却仍旧眉眼带笑地摇了摇头。

眼前的男生和鹿唯几乎是一个模子里刻出来的，但似乎比鹿唯开朗了不少。

“那……你到底是谁？”邵小野忍不住问道。

“给！”鹿唯并没有回答她的问题，而是从身后抽出一束麦穗递给了邵小野。

她接过对方手中的麦穗，他却突然转身跑了，转瞬便失去了踪影。

邵小野只好顺着男生离去的方向追去，她刚要往前迈步的时候，肩膀却蓦地一沉，感觉有人拍了拍她的肩膀。

“不要过去，那里住了个妖怪，很危险的。”

她蓦地回头，却见到鹿唯变得年轻了不少。少年版的鹿唯对着她严肃地警告着。

而此时，她的身后不再是一望无际的麦田，脚下变成了潺潺流动的小溪，至于溪水的对岸，则矗立着一栋老式而又残旧的木屋，大门紧闭，却没有落锁，仿佛随时都有鬼怪冲出来似的。

而木屋的背后则是吞噬一切的黑暗，那一抹黑暗如同雾霾一般，一点点地蔓延而来。

“跟我来。”

少年版的鹿唯不由分说地牵起了她的手，朝另一个方向跑去。

在无数次躲避黑暗靠近的逃跑中，她感到无尽的疲惫和恐惧，那种每每以为摆脱了危机，蛰伏在黑暗中的怪物却在转瞬间来到你身边的无力。

如果这是鹿唯内心虚构出来的世界的话，那么他的世界因为病魔，而无时无刻不在躲避着自己被黑暗彻底吞噬。

每奔跑一回，鹿唯的模样就会变化一次，只是他的身形越变越小，如今已经只是个小男孩了。

“够了！你还要跑多久？”

终于，邵小野松开了眼前男孩的手，心疼地问了一句。

鹿唯肩膀微微一震，他慢慢地转过头来，脸上看不出悲喜。

“我……想把你带出去。你不该来这儿的。”男孩稚嫩的声线与成年男子低沉的嗓音重叠，形成了双重音轨，他的话音刚落，一颗泪珠从眼角滑落，快得来不及细瞧就不见了。

邵小野知道，她找到他了，那个她一心一意想让他回来的鹿唯。

她重新拉起鹿唯的手：“要走一起走吧！”

鹿唯却没有动：“暖，他还不够好吗？”

邵小野愤慨：“所以你就打算退让，永远和黑暗赛跑吗？”

鹿唯没有回答，他似乎默认了这一切。

“你个懦夫。”邵小野气不打一处来，她转头朝相反的方向走去。

“你要去哪里？”鹿唯警觉地拉住了她。

“你不是怕吗？那我倒要看看，那个藏匿在黑暗里的妖怪究竟有多可怕！”邵小野挣脱开了鹿唯，径直朝那片黑暗而去。

鹿唯难得显露出慌张的神态，急忙挡在她面前：“不要去，那里真的很可怕的。”

“可怕？那我们要不要打个赌，如果我成功穿过那里，你就和我一块回去，面对现实，面对过去。”

鹿唯的脸上闪过犹疑、矛盾以及那化不开的恐惧，她却一把握住鹿唯的肩膀，神色恳切。

“不管是温柔体贴的陆向暖，还是别扭又傲娇的鹿唯，甚至是发病时候宛若失去生机的样子，在我眼里，那都是你！所以，在我眼里，没有谁好，谁不好，只有那个真正的鹿唯什么时候能够勇敢地站出来。”

“我觉得每个人的内心或许都会住着这么一只可怕的妖怪，如果只是一味地逃跑，那么伴随你的只有永无止境的恐惧和疲惫。”

邵小野牵起对方的手，勇敢面对那即将汹涌而来的黑暗，她笑得肆意而灿烂，一如最初那般耀眼。

“你知道吗？我一直都很喜欢一句话：也许唯有爱才能平息这个世界的残忍，不管你过去经历过什么，以后即将面对什么，如果你一个人觉得可怕，请记住，我会一直站在你身边的。”

男孩的肌肤白到略微病态，手背上青色的脉络很明显。虚阖的眼，没有尘埃的睫毛，以及落在下眼睑一层浅浅的阴影。

忽地，他抬眸，对上了她的目光，继而回握住对方的手，一如既往地冰凉却有力，似乎无声告诉她最终的答案。

这次黑暗彻底吞噬了他们两个人的身影，一连串嘈杂的声音纷沓而来，就像走马灯一般的影像在周围不停回放。

“呼呼……阿恩，我真的……真的……跑不动了。”两名男孩在丛林中穿梭，并不时朝背后望去，似乎被什么东西追赶着一般，其中一名个头较小的男孩疲惫地喘着气，打算放弃。

“加油，再努力一点，我们就快要甩掉他们了。”那个被称作阿恩的男孩鼓励着那个瘦弱的男孩。

镜头一转，那个说跑不动的小男孩背着更加瘦小的女孩在马路上快速行走，在拐角处，男孩轻轻地将女孩放下。

“小小，你听我说，你直直地朝这条路走，千万不要回头，也不能停下来，要一直走下去，千万不能停下来，听到了吗？”

“阿恩粑粑呢？”女孩稚嫩的声音中含着几分不舍的哭泣。

“我现在就去找阿恩，你要听我的话，一直一直走下去，你只有乖乖听我的话，我们才能回去接你，我们才会再相见，知道吗？”

“嗯，知道了暖暖麻麻，小小会乖乖的……”小女孩虽然害怕却还是乖巧地点了点头。

“放心，我们一定会再见面的。”

男孩在女孩的额头轻轻落下一吻，继而头也不回地朝原路往回跑。

女孩一见到男孩往回走便开始号啕大哭，然而即便她哭得多么伤心仍旧没有忘记男孩的叮嘱，蹒跚地朝远方走去……

故事中的人物似乎因为年代的遥远，苍白而又模糊，碎片化的记忆拼凑而出的画面褪色又掉帧，老式胶片拍摄而出的景象，让人的心情也莫名地落了层灰。

“阿恩，你说我们会不会死啊？”

冰冷而又昏暗的地下室里，那个瘦弱的小男孩似乎发着烧躺在另一名体型较为高大的男孩腿上，虚弱地问着。

“傻瓜，我们怎么会死呢？我们一定会逃出去的，到时候我们找到小小，三个人一起快乐地生活好不好？”

“嗯，你说你以后一定会当个明星球员赚很多很多的钱。”

“是啊！到时候，我就可以给小小买很多的洋娃娃，再给你买很多很多好吃的，然后我再买一栋超级超级大的房子，里面有暖乎乎的被子，早晨起来的时候还有专门的管家给我们准备早餐，就像电视里演的那样……”另一名男孩喋喋不休地叙说着对未来美好的憧憬，“暖暖，别睡，你听我说话好不好，千万别睡知道吗？”

“阿恩，我怕我等不到那天，我好累，真的好累啊……”

“暖暖，别睡！喂喂，醒醒，鹿唯，鹿唯快醒醒……”

眼前的画面却在这里戛然而止，在邵小野还没反应过来的时候，不知哪里出现了一场大火，倏地将眼前的一切烧成了灰烬。

浓烟迷离了眼前的画面，呛得邵小野好一阵咳嗽，当她好不容易平复胸腔中那股难受的时候，浓烟和黑暗早已散去，而两个小男孩也不知所终，只剩下她独自等在公园游乐场的滑梯前。

4

她有些迷茫地望着眼前的场景，她记得这里。

她、鹿唯和纪景行曾一起来过这个公园，可是此刻为什么她会出现在这里？

“小小！原来你在这啊！快跟我回家吧。”一名男孩由远而近地朝她跑来，一把拉住了她。

男孩带着温柔的笑意，眉眼仍可依稀看出鹿唯的模样，只是她从未见过如此温柔又爱笑的鹿唯。

这个模样，更像……陆向暖……

“我……”

邵小野刚想表示他们认错人的时候，这才想起陆向暖口中一直喊着的女儿，不会就是这个叫“小小”的女童吧?

鹿唯却已经熟稔地牵起了邵小野，邵小野微微一愣，这才发觉自己的手不知何时竟缩了水，整个人和孩子一般大小，穿着粉嫩的蓬蓬公主裙。

我……就是“小小”！

当她认知到这个信息的时候，记忆里那道枷锁也一下子被打开了，儿时因为父母争吵而离家出走，在公园里认识了两个大哥哥，继而寄宿在他们的家里。他们三人甚至胡闹地玩起了过家家游戏，称呼对方“爸爸”“妈妈”和“女儿”，并且度过了一段快乐无忧的童年时光。

然后……

痛苦却随之降临。

一阵阵尖锐的疼痛从大脑深处传来，就像有人拿着锥子一般在她太阳穴的位置一下下地凿，极端的痛楚令她不能自制地呻吟出声，而压抑的呻吟最终演变成了撕裂的痛呼。

直到隐约中她听到有人一直在呼唤着她的名字，并传来一下下清脆的响指声响。

“邵小野，醒醒，小野快醒醒……”

她迷糊地睁开了眼，率先映入眼帘的便是宋泠那张看似冷漠却透着担忧的五官，见到她苏醒，他这才轻轻地松了口气。

清醒后的邵小野有片刻的怔忪和茫然，她下意识地打量身边的环境，精油的香气仍在漂浮，轻音乐持续播放着没有任何异常，书房内书架上按每本书的书名和字母的顺序摆设，以及周遭的环境一切看起来都是那么安逸又熟悉。

“邵小野，你还好吗？”

“鹿唯呢？”

目光久久凝结在天花板的一端的邵小野心思一动，猛地坐起，到处寻找鹿唯的踪迹。

“他……”宋泠的话还没说完，邵小野便光着脚朝门口奔去。

鹿唯在同一时刻打开了门。

差点迎面撞上鹿唯的邵小野微微一愣，而鹿唯见到她平安无事，心中一暖，眼中带着温柔的笑意，刚要启唇询问，却被对方打断。

“知恩哥呢？”她开口，嗓音干涩又沙哑，在她说出这个名字的时候，眼泪再也控制不住地滑落。

鹿唯的笑容凝固了，继而随风散去。

她都记起来了，鹿唯得病的主因竟和小时候的事有关。而这个过去，她竟也参与在其中。小时候因为父母的关系，她曾离家出走，却阴差阳错地遇到了鹿唯和他的发小徐知恩，只是几个人的好时光没过多久，便不幸遇到人贩子，差点被拐卖。

幸亏当时几人机智，最终逃了出来，可惜，徐知恩为了拖住那些犯人，给他们俩争取更多的时间，点燃了屋子，大火之后，他就失踪了，连遗体都找不到。

出于对好友强烈的愧疚，鹿唯因此患上了科塔尔综合征，而邵小野也因为受到的刺激太大，而将这段记忆永久封闭。

想不到这次的催眠，竟然误打误撞让邵小野找回了记忆里那缺失的片段。

“你告诉我知恩哥哥去哪儿了？他只是躲起来，让我们担心对不对？”邵小野越说心越慌，催眠造成短暂的记忆紊乱，让她一时分不清现实中的时间早已跨越了十多年。

宋泠的眼神蓦地一凛，急忙上前制止情绪已然有些失控的邵小野：“你冷静点。听我的指示，先深吸一口气，再慢慢吐出来，这样重复做十次后，你再慢慢回想，你为什么会在这儿？记得要慢慢回想，不要着急。”

“我一直很冷静，我只是想知道知恩哥到底去哪了？”她坚持道。

“你先擦下你的鼻子，流血了。”宋泠说到最后似乎有些不忍。

邵小野微微一愣，接过递来的纸巾，低声说了声“抱歉”，赶忙擦去残留在鼻子上的血迹，并且按照宋泠的办法调整呼吸，稍微平复了些许心情，这才记起了之前所有的一切。

“而且……恐怕要让你失望了，”见邵小野恢复些许冷静，宋泠这才缓缓道出真相，“他不是鹿唯，是陆向暖。”

“对不起，小野我……”“陆向暖”本能地想道歉。

邵小野听到这里，心中五味杂陈，最后竟露出一丝自嘲的苦笑：“他还是不愿意啊！”

宋泠见她脸色不太好看，也不打算在这里逗留太久：“没事。你好好休息吧，别想太多。如果鹿唯不愿意回来，这也是他的选择，我们无权勉强。”

宋泠难得说了一句安慰人的话，他拍了拍邵小野的肩膀，便和“陆向暖”一起离开了。

当房间内再次只剩下邵小野的时候，她突然转头对着垃圾桶一阵干呕，吐过后，仿佛力气被全部抽干了一般，颓然地瘫倒在躺椅上，疲惫地闭上了眼，手指却死死握紧成拳，掌心处隐约传来一阵阵尖锐的疼痛……

# *Chapter 12*

# 走不出的回忆

1

全国漫画签售会如火如荼地举行着，鹿唯开始变得忙碌起来，时常早出晚归，而邵小野也搬回了家里暂住一段时间，自那次催眠后，两个人竟如完全平行的两条轨迹般，再无任何交集。就连日常的短信问候，都寥寥无几。

时间总是过得飞快，就这样大半个月过去了，签售会意外的顺利，转眼就来到了最后一站，地点仍旧选在上次出事的世欧广场。

顾城几乎是磨破了嘴皮子让邵小野来世欧广场为鹿唯打气兼祝贺，邵小野再拒绝似乎有些过意不去，因此一大早便买了束鲜花为他庆贺。

邵小野来到后台的时候，顾城正在和鹿唯对稿，一见邵小野出现，即刻眉开眼笑地招呼其他人出去，将空间留给了他们。

鹿唯对着邵小野露出标准而又腼腆的微笑，轻声道："你来啦！"

"啊，嗯！"不知为何，面对大方问好的陆向暖，邵小野反而显得有些不自在了，她勉强扯了扯笑容，将怀中的花束递给了对方。

"那个……恭喜你，签售会大获成功。"

"谢谢。"他脸上仍旧是那得体而又大方的微笑，伸手接过了花。

今天的鹿唯上了一点妆，头发也被发型师精心打理过，整个人焕然一新，撇开他的画工不说，他俊秀的容貌本就占尽了优势，细骨的眼镜后是那清澈得近乎剔透的双眼，或许是变成陆向暖的鹿唯低眉顺目的姿态，因此举手投足间都散发着如沐春风般温雅的气质。

邵小野盯着眼前的鹿唯……不！正确来说，应该是陆向暖，轻轻叹了口气，是啊！和经常散发着生人勿近的孤绝气息的鹿唯大相径庭。

"对不起。"

见邵小野盯着自己愣愣地出神，他竟没来由地道歉。

"什么？"邵小野一时糊涂。

"其实这一切本该属于鹿唯的，我感觉自己像个小偷。"说到最后，声音低得都快要听不见了。

"你千万别这么想。这不仅仅是鹿唯的荣誉，也是你的荣誉。"邵小野急忙安慰。

这时工作人员前来提醒他们时间差不多了，可以出场了，于是邵小野准备起身离开，鹿唯却忍不住叫住了她。

"小野！"

“最后……是我回来，你会不会……很失望？”

抚上门把的手轻轻一顿，她的脸色微微地沉了下来，下一秒转过身的时候，却笑得格外灿烂：“傻瓜！怎么会呢，别胡思乱想。签售会上好好加油，我还有事，就先回去了。”

他望着邵小野离去的背影久久没能挪开目光，然而原本噙在嘴角的那抹温柔却逐渐消失，俨然换了个人似的，他的手心无意识地握紧，无声地说出三个字……

“对不起！”

邵小野原本打算在后台见过鹿唯后便先行离开，却在门口撞上了顾城聊了几句而耽误了些许时间。

对于鹿唯变成了陆向暖，顾城的态度由原本的焦虑无措，继而慢慢变成了淡定，到最后还有些小庆幸。他向邵小野诉说着陆向暖这几个月来的努力，言语间皆是对他的赞赏。

“鹿唯……不，我是说陆向暖，这家伙真是个人物。这才短短几个月的时间，无论是鹿唯的笔迹还是画画都学得十成十的相似。而且待人真诚又负责，每次去杂志社都先跟每个人说声‘辛苦了’，那谦逊有礼的态度不知道俘获了多少女编辑的心，我们那些编辑现在都吵闹着要当麓微的责任编辑……咳咳……当然，我也不是说以前的鹿唯不好，就是……我觉得嘛，做人还是要往前看不是？”

顾城越说越兴奋，见到邵小野意兴阑珊的态度，这才意识到自己说错了话，急忙解释道。

“我没事的。”邵小野云淡风轻地笑了笑，“无论他最后变成什么样，都是他自己的选择。”

就在这时，不远处的舞台却突然传来一阵骚动，紧接着一名小助理气喘吁吁地冲了过来。

“顾……顾……总编，快去前面看看吧，出事了。”

邵小野和顾城皆是一愣，两人对视了一眼便急忙朝舞台方向奔去。

来到舞台不远处，邵小野诧异地发现原本应该光鲜亮丽地坐在签售位置上的鹿唯，不知何时站在了舞台中央，他的头发黏糊糊地糊成一团，发丝处还残留着一些蛋壳碎屑，看起来狼狈不堪。

而他的脚下则是他的新作，被人一张张地撕扯开，四散各地。

顾城似乎也没料到会发生这种情况，低声询问身边的工作人员：“发生什么事了？安保呢，怎么不拦着点？”

“这个……”工作人员有些为难，似乎一切发生得太快，根本让人来不及反应。

“你这个大骗子，原来你的所有漫画都是抄袭别人的，骗子，还钱来！”

台下一名双马尾女生尖声叫嚣着，她身边的几名伙伴也跟着应和助力。

“是啊，真不要脸。新漫画居然抄袭一名新人的故事，是不是江郎才尽了？”

“人家漫画家刚出道就被抄袭，被气得病倒在家里，都不敢吭声。”

“对啊，我们作为读者，实在是看不下去，你现在还有脸举办新书签售会？”

“你们这些畅销漫画家是不是都和你一样不要脸，踩着新人作者的血和泪一步步往上爬？”

双马尾见状转头对身后那些排队签名的粉丝读者怂恿道：“大家不要买他的漫画，他的漫画其实都是抄袭别人的，我们要抵制这种恶劣的行为。”

“等等！”顾城见场面越发无法控制，急忙上前解释，“大家听我说，关于事情的真伪，我们会查清楚的，请大家不要听信谣言。”

“谣言？”双马尾听到这句忍不住讽刺地哈哈笑出了声，“大家可以对比看看。”

双马尾高举着手中的手机，大声说道：“大家可以去网上搜索一篇叫作《恋人心诊室》的网络连载漫画，和鹿唯近期出版的《恋爱怪物》里面的故事几乎一模一样，这不是抄袭是什么？”

听到这里，其他粉丝忍不住一阵骚动，开始低头搜索起那个网络漫画。

“大骗子，还钱！”

“还钱！”

不知，是谁开了头，其他人也跟风一样，义愤填膺地开始声讨。越来越激动的人群开始纷纷朝舞台靠近，即便是保安，也有些无法控制现场。

而其中一名小粉丝似乎一时气愤不过，竟头脑一热，将手中的绘画蓝墨水朝台上丢了过去。

墨水瓶的盖子没有盖紧，瓶子抛在半空的时候，里面的墨水便洒了出来，靠舞台较近的粉丝们，尖叫着捂住脑袋，生怕自己遭殃。

说时迟那时快，只见一道身影突然护在鹿唯的身前，他微微一愣，怔怔地望着挡在自己面前的娇小身影。

咚！

蓝墨水瓶正中邵小野额头上方，同时里面的墨汁也顺势倾泻而下。

哐当！

落下的瓶子在地面反弹了下，最终归于平静。

邵小野的半张脸溅满了墨水，额头的血水混着蓝墨水顺着轮廓一路淌到下巴，在衣领、胸前印出大片大片的污迹，看起来颇为触目惊心。

邵小野却毫无痛觉一般，面无表情地注视着台下闹事的人，所有人都被邵小野这修罗般的视线吓到了，原本吵闹的场面顿时鸦雀无声。

2

“没错，抄袭是可耻的，但随意污蔑别人，从而彻底否定别人的一切，不是更令人不齿吗？”邵小野目光如炬，厉声开口，她的睫毛上仍旧挂着一颗墨滴，似坠未坠。

“我没抄袭！”就在这时，鹿唯发声了，他不顾邵小野脸上的污迹，举手轻轻地抚上了她的半张脸，眼中的心疼一闪而过，转而目光一凛，射向台下的众人。

“是谁干的？”此刻的他一改平日的温柔，目光森寒逼人，明明是艳阳高照的酷暑，却让人觉得置身冰窖之中。

顾城则急忙拿着毛巾捂住了邵小野受伤的额头，脸上同样阴沉难看，他强忍着怒气厉声声明：“关于你们口中的抄袭事件，我们一定会查清真相，届时给大家一个满意的答复。如果是我们犯的错误，我们一定会弥补大家的损失。当然，如果这次是有人恶意中伤毁谤，我们决不姑息，一定追究到底。”

警察闻讯赶来，连同广场的保安一同控制住了现场，因为邵小野受了伤，所以他们将闹事的几名女生带回了警局问话。

鹿唯陪邵小野去医院处理伤口，而顾城则回去查明整件事的原委。

他紧盯着护士手上的动作，时不时叮嘱着：“轻点，轻点，麻烦轻点，这样会疼的。”

最后反倒是护士受不了地翻了个白眼，作势要将镊子递给对方，他这才乖乖闭上了嘴。

鹿唯望着邵小野额头上的伤口和左眼上的白色眼罩，满是懊悔：“对不起，又是因为我。”

“眼睛都同我抱怨，每次见到你，总是没好事。”为了缓和气氛，邵小野故作轻松揶揄道，“放心吧，医生都说没什么大碍。”

鹿唯张嘴想说些什么，但见到邵小野故作轻松的模样，只能默默地闭上了嘴，他怎么会不知道，她现在的眼睛有多难受，清洗眼睛的药水非常刺激，整个眼球都冒出了红血丝，可见有多么疼，她却仍旧强忍着痛楚安慰他。

她总是这样……

这时，顾城则急匆匆地推开了病房的门，他喘着粗气扬了扬手中的平板电脑：“查出来了，你们看，这就是他们口中所说的网络漫画《恋人心诊室》。”顾城将平板电脑推到了两个人的面前。

虽然现在只剩下一只眼睛视物不太方便，但邵小野还是很快发现了问题，这个《恋人心诊室》的漫画无论是故事的构架和人物的设定都和鹿唯的《恋爱怪物》极为相似，唯一的区别是鹿唯是以男生为第一视角，而对方则以女生视角来展开故事。

说实话，以目前来看，两篇相似程度极高，确实有着抄袭嫌疑，但问题在于《恋人心诊室》比鹿唯的《恋爱怪物》最初发表的时间还早了两个多月。

因此，大家在第一印象中，鹿唯便被认定为抄袭的一方，而对方则是受害者。

见邵小野沉默不语，顾城有些急了：“小野，你不会也认为鹿唯抄袭了吧？”

鹿唯低着头沉默不语，只是眼中的光彩却因为顾城的话而渐次黯淡了下来。

“不！我相信这个绝对是鹿唯的原创。”邵小野指着其中一幅画面，“除了我相信他的人品外，还有这一幕场景除了鹿唯外，谁都绝对无法复制。”

是的！

只有邵小野清楚鹿唯创作的这一幕正是那次他们抓到纪迦川是罪魁祸首的那晚，两个人在偏僻的小路上肆无忌惮地跳着舞，舞蹈中他的神情历历在目，她不可能忘记，而这一幕情节也不是谁都能复制的。

顾城懊恼地重捶了下墙壁：“怪我！其实《恋爱怪物》这篇漫画大纲早在寒假的时候鹿唯就发给我了，当时我虽然挺惊艳故事的内容，但当时鹿唯手上还有另一篇漫画在连载，所以就把这篇先压住不发。谁知没多久，就发生了那件事……”顾城将视线转向鹿唯，见他低着头不知在想些什么，似乎并不太在意他的话，他这才继续解释：“我就想着，麓微老是暂停连载也不是什么办法，这才琢磨着把他之前给我的这篇稿子，先拿出来连载，明明比对方还早创作的作品，现在反而变成了抄袭。”

顾城说到后面，越来越气愤：“要不，我把之前鹿唯给我发送画稿的时间截图下来，告诉他们麓微早在之前就发给我这个作品，比那部漫画早八百年。”

“没有用的。”邵小野无奈地摇了摇头，“你只有邮件的接收时间，大家会说，你这个是后期故意伪造出来的。”

“那现在该怎么办？”

邵小野无奈地摇了摇头，如今她也没有任何头绪：“我现在不明白，对方是如何得知这个故事的，难道真的只是巧合？”

“那这也太巧了吧？”

邵小野这边还未能想出正确的方案，然而关于“麓微抄袭新人网络漫画家”的消息却在网络上不胫而走，网络的传播速度向来吃惊，不过半天时间。各种关于麓微的抄袭新闻漫天飞，而对方的漫画作品原本只有少得可怜的点击量，却因为这个事件，意外飙升，不过一天的时间，点击量便破亿，瞬间登顶人气漫画榜。

至于，关于这件事的另一个当事人，也就是《恋人心诊室》的漫画原作者Ryoko则在当晚发布了一条公告。

言辞中皆是表示因这件事情而困扰，从作品发现被一名漫画大神抄袭后，由原本的震惊、彷徨到后面的悲伤。

虽然，自己的作品因为这样的方式被更多的人喜爱她很开心，但是自己并不想要挑起更多的是非，只想安静画画，所以并不会对这件事有任何追究。

最后她还很恳切地道歉，表示如果大家因为这件事而困扰，她将永久暂停这篇漫画的连载。

然而这一公告发出，一石激起千层浪，不仅没有让这件事平息下来，反而让一群“正义感”爆棚的网友沸腾了。

纷纷在Ryoko的主页下面评论表示支持：

“这个世界怎么了？原创作者居然被抄袭的人逼得要停载。”

“没办法，人家大神有钱有势有背景肯定用了手段压迫小透明屈服啊。”

“摸摸我的小作者，看到你说这些，真是心疼，那个麓微真是恶心。我们永远支持你。”

“是啊，我们支持你，不要停载啊！”

而顾城这边因为暂时找不出证据，因此并未对此事做出相关回应，却被更多的人误认为是心虚。

消息公布的第二天，Ryoko就被爆签约一家文化公司，作品不久就会印刷成册面市，而这一消息出现马上就受到无数人的拥戴，至于麓微和出版社的主页上则被不少激进分子恶意刷帖，甚至出现恶意辱骂和诅咒麓微的评论。

不过一周的时间，Ryoko成为最炙手可热的新星漫画家，而更令人讽刺的是，这部漫画作品马上签约了影视改编，即将搬上大银幕，而签约的影视公司刚好收购了麓微上一篇漫画作品的动画版权。

因为这件事的影响，公司的销量也受到一定的影响，集团的营销总监要求将麓微所有面市的漫画全部回收处理，却被顾城一口拒绝。

一旦公司做出回收处理，也就是间接承认了抄袭。

3

就在这件事仍处于胶着的状态时，自称Ryoko经纪人的家伙却自动找上了门，他要求顾城必须全面下架《恋爱怪物》，而且麓微必须亲自在全网以视频方式向对方道歉。否则，他们将正式起诉鹿唯抄袭。

顾城听到这，气得差点一口气没上来，看着对方尖酸刻薄的嘴脸，他真恨不得现在是原始社会，能够好好地揍对方一顿泄愤。

“怎么样，顾总编，考虑得如何？”对方经纪人下意识地推了下眼镜架，镜面一阵反光，闪得顾城恨不得伸出两根手指戳瞎自己的双眼，省得看对方丑恶的嘴脸。

“道歉，根本就不可能！本就是子虚乌有的事，谁抄袭谁还指不定呢。”顾城在心里恶狠狠地啐了一口，很是坚定地回答。

“哼！顾总编，这个时候嘴硬可不是好事。大家都是商人，在商言商，对创作者来说一旦沾染上‘抄袭’的标签，基本是废了的。如今麓微对你们来说已经没什么价值了，趁早丢弃掉这颗棋子，才能及时止损。”

“我跟你没什么好说的，法庭上见就是了。”顾城懒得理会对方，摆出了送客的臭脸。

“唉……你还是太年轻了，要是当年的邵社长可未必如此哪。”对方经纪人也不生气，慢悠悠地站起来，似乎胜券在握的模样。

“就算我爸在，也绝不容许自己旗下的作者受到一点委屈。”

原本在会议室外等候顾城的邵小野，实在听不下去了，推门走了进去。

对方以略带探究的神色上上下下打量了遍邵小野，继而露出那张虚伪的笑脸：“原来是邵社长的千金啊，长得真是标致哪！”

“很抱歉，打扰了你们的面谈。”邵小野先为自己无礼的闯入诚恳道歉。

“不过，我有件要紧事想问问您，关于起诉麓微抄袭这件事，是你们的Rkoyo……准确来说是夏凉的本意吗？”

对方微微一愣，眼珠子一转似乎有了主意，小心试探问：“噢，听令千金这么说，似乎和我们Rkoyo有一些交情嘛。”

“交情说不上，见过面而已。至于你刚才说的那些话，我觉得你们日后会用得上，希望你们能尽快找个时间让夏凉好好给我们家的麓微老师道歉，真心实意的那种！否则，法庭上见。”

邵小野说完从口袋里拿出一个U盘放在桌上，经纪人似乎注意到邵小野的动作，眉头一皱："这个是……"

"没什么，一家酒店走廊的视频片段而已，然后麻烦请转告夏凉，她从鹿唯房间里拖走的东西，请原封不动地还回来。"

听到邵小野如此强硬的话语，经纪人的脸色蓦地一变，简单地寒暄了几句，便灰溜溜地离开了。

顾城听到这儿，脸上难掩喜色："小野，你是怎么找到证据的？"

"也没什么。这几天我尝试着追踪了那个Ryoko之前发的帖子，这才发现这个原作者居然就是夏凉。我就有所怀疑了，而我也从她过去的那些画作中发现了一些蛛丝马迹，夏凉一直在有意无意地模仿着鹿唯的画风。"

说到这，邵小野的心却慢慢地沉了下来，她终于明白为什么当时鹿唯看到夏凉漫画的那一刻脸色大变，对夏凉态度糟糕，无论是谁都不喜欢有人刻意模仿自己的画风，而那个时候她却误会鹿唯不近人情……

"然后，我就想起鹿唯失踪的当晚，我在鹿唯的房间内撞到了夏凉，而她那时见到我神色很是慌张，我这才猜测是不是她在那个时候偷偷看了鹿唯的新作。"

她甚至大胆地猜测，之前夏凉突然昏倒，制造诅咒的事故，都是她故意为之，就是为了报复鹿唯。

如果真是这样，夏凉的心机，真是深沉得让人害怕。

顾城听到这，忍不住啧啧感叹："想不到她小小的年纪，心思这么深，真是可怕啊。"

继而对邵小野伸出大拇指，称赞道："不过，还是我们家少爷技高一筹，能够想到这些，有了这个U盘，我们的胜算就多了一分。"

然而，当天晚上，邵小野却意外接到了夏凉的电话，约她在附近的一家咖啡馆见面。

邵小野来到约定地点的时候，夏凉已经早早地等候在那了，她一见邵小野出现，急忙热情地站起来，一脸甜笑："邵小编，好久不见，我帮你点了你喜欢的榛果拿铁。"

现在的夏凉简直变了个模样，不仅化着精致的妆容，从包包到身上的穿着都是名牌。完全不复当初清秀单纯的模样了。

面对夏凉的热情，邵小野多少有些不适应，只是简单地抿了一口咖啡，便直奔主题："你找我，有什么事吗？"

夏凉微微一愣，再次热络道："我们也是好朋友，不要说得这么不近人情。"

"你这样的朋友，我高攀不起。"邵小野自嘲，"如果没别的事，我就先走了。"

不想和对方多费口舌，她抽出一张五十元现金放在桌上，便起身准备离开。

而夏凉这个时候，终于沉下脸，阴恻恻地开口："邵小野，你需要做得这么绝情吗？"

"绝情？"她好笑地挑起一边眉毛，"你盗窃了麓微的作品还倒打一耙，你就很高尚吗？"

"我……我也是情非得已。"夏凉再次露出怯弱无辜的表情，"你知道，那个时候，我被麓微老师批得几乎无地自容，我只是想要证明，我也可以变强，我只想向麓微老师证明，我也可以在漫画界占有一席之地。"

"为了让鹿唯承认你，你就抄袭他的作品，还觉得自己是有苦衷的？"邵小野觉得夏凉的逻辑分外可笑，她这是把自己当作弱者，认为所有人对自己的帮助都是应该的，因为她是弱女子，她应该被同情，所以她做的任何事都值得被原谅？

"夏凉，这个世界上没有人理所当然地原谅你。如果你觉得示弱是最好的武器，那么这件事就是为了提醒你：好好认错，认真做人！"

"好吧，你们告我吧，你要是将这个视频作为证据，我也会把麓微老师得了精神病的事公布出来。"

夏凉似乎也发了狠，她打开手机上的视频，上面正是邵小野和纪景行两个人在酒店里的对话，那时，他们正好谈及鹿唯的病况。

邵小野脸色骤变，眼神冷厉地扫向对方，夏凉被邵小野这样恐怖的眼神给吓到，下意识地往后退了两步，拉开距离，这才壮着胆子，紧握住最后的筹码："怎么样？你也不想麓微老师的秘密公之于世吧，我只不过不想失去我现在得到的一切而已，这是个很公平的交易。"

"公平的交易？让麓微吞下这个哑巴亏，承认抄袭？"邵小野内心却怎么也过不去这道坎，"这样他的职业生涯就彻底毁了。"

"不会的，大不了，麓微老师换一个笔名重新开始就好了。他的画工这么棒，天赋也强，很快就能东山再起的。"夏凉理所当然道，"但如果我将这段影片公布在网络上，麓微老师的整个人生才会毁了吧。"

"夏凉，想不到你是这么卑鄙的人。"邵小野咬牙切齿。

"我……我也不想做到这种地步，都是你们逼我的。你知道，我从前活得多么卑微吗？在伯莱恩学院时，大家都瞧不起我，好不容易参加了漫画社，得到大家的认同，却被麓微全盘否定。如今，我成名了，曾经那些对我不屑一顾的同学突然对我殷勤起来，我可以想要什么买什么，这一切……我现在拥有的一切……我不能放弃。"

“是吗？所以，你就利用麓微往上爬？”邵小野冷笑，“很抱歉，如果想发你就发吧，相信我，如果你敢公布，我绝不会轻饶你。”

见邵小野软硬不吃，夏凉终于急了：“你现在为了挽回出版社的声誉，而不管麓微死活吗？”

“不是，刚好相反！如果我选择隐瞒这件事的真相，才是真的侮辱了麓微，每一部漫画作品都是他不分昼夜创作出来的心血，你如果污蔑他抄袭，简直比杀了他还难受。”

“至于他患病这件事，不管怎样这确实是事实，没什么可争议的，”邵小野沉吟片刻，“如果无法避开，就正视它吧。”

这次说完，邵小野再也没有回头，转身便离开咖啡馆，只剩下夏凉独自气急败坏地跺脚。

4

邵小野从咖啡厅回家的时候，远远便看到一抹高挑的身影驻足。

“鹿唯？”她尝试着呼唤出口。

“好久不见，小野。”

男子转身，眸光清浅，唇瓣的笑容浅淡。

“纪学长！”邵小野略显诧异，怎么也想不到纪景行此刻会在这里出现。

白天的喧嚣已经渐渐平息，偶尔有一两辆车子碾过下水井盖，发出“咯噔”的声响，头顶的路灯旁盘旋着几只小飞虫，邵小野和纪景行悠闲地漫步在这样宁静的道路上。

“学长，这次回国是因为鹿唯的事吗？”邵小野忍不住发问。

“算是吧。如果夏凉抄袭的证据确凿，我会联系纪氏的法务部让他们出具律师信，控告对方诽谤和抄袭。相信这场风波很快就会过去。”

邵小野失笑：“只要纪学长在，再大的难题都不会是问题。你在美国那么忙，还不忘每天一条信息叮嘱我。每次一有问题，你总是二话不说就来帮忙，好像世界上没有你解决不了的事。”

“没办法，我就是你的哆啦A梦。”纪景行轻笑。

“是啊，真的再也找不到你这么细心温柔的学长了。”邵小野被他的自喻逗得笑开了怀，点头予以肯定。

“小野！”行至拐角处，纪景行率先停下脚步，抬头叫住了邵小野。

“嗯？”她转头，面露不解。

“和我在一起吧。”他的嗓音清润，有着一股书香气息的温和雅致，自带着三分笑意。

邵小野先是一愣，继而玩笑地轻拍了下对方的肩膀：“学长，你出了什么状况？怎么又要我假扮女友？曲旎薇的事情不是解决了吗？”

“我拥有人人艳羡的权力和金钱。”他并没有正面回答邵小野的问题，而是冒出了另一句话。

“所以呢？”她不解，这和当不当他女友有什么关系？

“你可以利用我的。”

“利用？”邵小野挑眉，觉得他的话很有意思。

“嗯，我虽说不上无所不能，但也能满足你的大部分要求。”他顿了顿，“像这次抄袭事件，像上次在片场以及以后可能会出现的各种状况。”

“百分百恋人？”她的腔调开始掺杂些许古怪的情绪。

“不，我是个骄傲的人，可以做到一百零一分！”他笑笑，倨傲自信，一如既往，“所以，当我正牌女友不好吗？我是真的喜欢你，无关乎约定，只是纯粹地想让你陪在我身边。”

“但是，我可能做不好百分恋人，我只有一分而已。”

“没关系，我向你靠近九十九分就好。”

“可我不喜欢考试，不需要这么高的分数，喜欢一个人不是要求事事完美的。”

“所以……你宁愿选择事事都不完美的鹿唯？”他抿唇，喉间的弧线滑动，目光微沉。

“我不知道我现在的感觉是不是正确的，但我承认，我对鹿唯有特别的好感。恰好因为无关你口中的利益关系，所以感觉会比较直观而纯粹。”

他沉默，半敛的黑眸掠过一抹诡谲的暗影，眼神由清澈转为深沉，似有情绪浮动，然而在抬眼的瞬间却消失无踪，仍旧是毫无诟病的微笑，“我明白，我尊重你的选择。”

“我们还是朋友对吗？”

“自然。”他的语气淡然，带着若有若无的轻笑，“若没什么事，我先回去疗伤可好？”

他转身告别，却被邵小野突然叫住：“话说，你认识……徐知恩吗？”

离去的身影蓦地一僵，停顿了好一会，他才默默开了口：“不认识。”

望着纪景行的背影，邵小野的视线渐渐模糊，她低下头，一颗泪珠刚好砸在手机屏幕上，溅起小小的水花，那里是夏凉刚发给她的视频。

视频正好记录了曲旎薇生日那天晚上，鹿唯发病前和纪景行对质的画面，她终于知道自己喝醉那晚，两个人之间发生了什么。

之后在纪景行的帮助下，公司的法务部向夏凉和其所在的文化公司提起诉讼，而公司的运营部门则在相关的媒体平台上发布了正式的公告，解释这次麓微抄袭事件的前因后果。

此真相一出，夏凉的经纪人仍旧死鸭子嘴硬地叫嚣着对方出版社仗着有纪氏财阀的撑腰，故意打压他们小公司，时不时发表一些慷慨激昂的文章，直到审判的结果正式出炉。

Ryoko的漫画《恋人心诊室》被证实抄袭了麓微的《恋爱怪物》，要求全面下架相关作品，并以书面形式在各大报纸刊登道歉函，并且将该作品所得的全部利益作为赔偿。

真相大白，而之前所有被蒙蔽的读者不仅自责对于麓微的不信任，并且统一掉转枪头指责抄袭的夏凉，并且借此挖出了夏凉的更多黑历史。

不久后，夏凉的经纪人便称夏凉因不堪舆论压力得了抑郁症，好几次差点自杀以博取同情，还不时在众媒体面前讨伐麓微和其公司的不近人情，仗势欺人，都不给一些新人作者活路之类。

“这个经纪人可真爱折腾。”顾城看到网上的新闻，不甚苟同地摇了摇头。

“这类跳梁小丑，蹦跶几天就好了，不用管他。我们还是接下来谈谈关于《触不到的你》电影上市后的相关宣传吧。”运营部门的小编辑不甚在意地敷衍了句。

然而，纪景行则盯着平板电脑上的新闻陷入沉思，邵小野见状忍不住询问：“纪学长，你是不是有什么想法？”

这次的会议本没有邵小野什么事，只是经过这次事件后，在顾城的强烈要求下，邵小野重新当回了鹿唯的责任编辑。

纪景行对此也没有反对，于是在半推半就之下，邵小野已经参与了关于鹿唯的不少项目。

“Ryoko的团队最近将要举办一场新闻发布会，正式向鹿唯道歉，他们邀请麓微参加，你们怎么看？”纪景行抬头环视众人。

顾城一愣，本能地拒绝：“当然不去啊！他们表面上是道歉，其实就是继续卖惨。”

公司的公关经理不免担忧道："但如果不去，就显得非常被动，不知道他们在发布会上又会怎么抹黑我们了。"

纪景行没有直接作决断，而是将目光落在了邵小野和鹿唯两个人的身上："你们怎么看？"

"我……"

"去吧！"

邵小野刚要说话，鹿唯却意外打断了邵小野的话，所有人都对他的决定稍显惊讶，换作从前，他绝对是闭门不见的。

"有些事总要面对的。"鹿唯的嗓音温柔而低沉，还带着一股与生俱来的淡然。

会议结束，众人散去，邵小野单独叫住了鹿唯。她考虑了片刻，最终还是决定将夏凉他们已经知晓他患病的事告诉了他，所以，他若是坚持要去参加这次的新闻发布会，要有一定的心理准备。

新闻发布会上，当麓微出现在现场的时候，台下一阵哗然。

夏凉经纪人对于麓微的出现显然有些意外，当时邀请麓微不过是摆一个姿态，他笃定财大气粗的纪氏绝对不屑让麓微来参加他们这样的小型发布会。

但是他很快镇定了下来，他手上还握有麓微的把柄，谅他们也不敢把自己怎么样。

经纪人重新找回话语权，侃侃而谈，有意无意地丢出一些卖惨的言论，并不时暗讽麓微他们冷酷无情。

"你们不知道，经历这些事件后，我们的Ryoko过得有多惨！在此之前，她是一个只会埋头赶稿的小姑娘，现在，她被网友们口诛笔伐，甚至无法正常生活，每天都活在伤心和压抑当中……我希望大家能对这些新人作者多一些宽容。"

经纪人说完这些，夏凉开始低头悄悄地抹着眼泪，哽咽着："我……知道这次是我错了，可是……我很努力很努力地想要重新开始，为什么大家就不能给我一点机会呢？现在……我一拿起画笔，手就不停地抖，根本画不出来，感觉特别痛苦……"

她抬手时露出一大截手腕，竟有几条触目惊心的伤痕。

经纪人见状急忙抓起她的手腕，将上面的伤口展示给众多媒体："看到没？你们把这孩子给逼得多惨哪！某些漫画作品，还总爱标榜自己有多么正能量，现在连稍微体谅一下弱者都不愿意，表里不一。"

说罢脸上尽是显而易见的嘲讽，话里话外直指坐在一边的麓微他们，而台下的顾城绷着张铁青的脸被气得不行。

这时，坐在麓微身边的邵小野幽幽开了口：“所谓的正能量，所谓的合格三观，不是站在道德的制高点去谴责任何一个人，我只知道，我的三观是，不攀附强者，不成为弱者；如果弱者一味将示弱作为盾牌，而不想着如何成为强者，那它和耍横的流氓无异。”

“我不想成为谁的帮凶，更不想戴着正义的面具，对着罪恶的一方口诛笔伐。所以……如果我是你，绝不会说那些话，也绝不会因此就一蹶不振，错了就必须承认错误，也必须为此付出代价，这样你才会铭记，让自己下回不再犯错。如果被轻易原谅，每个人都会选择一次次错下去，反正最后都会被同情，被理解！”

邵小野一番话说完，全场安静了下来，最后是顾城第一个站起来，道了声“好！”拼命地鼓起掌来，紧接着雷鸣般的掌声在场内响起，震耳欲聋。

经纪人被说得哑口无言，脸上有些挂不住，只能恨恨地瞪着对方，反而是夏凉怔怔地望着他们，若有所思。

邵小野从包中抽中一张画稿，递到了夏凉的面前：“那个时候，你的画稿刚巧有一份夹在门缝中没能取走。你的麓微老师并不是真的讨厌你，他也有一句话留给你。”

夏凉听到这，若有所觉地微微低头，将目光落在了纸上，不消片刻，她蓦地睁大了眼睛。

纸上是夏凉自己设计的一幅漫画封面，有不少部分被红笔修改过，修改后的作品看起来更加干净利落，凸显主题，而纸张的最下方，则有一行小字，上面写道：

“有梦想自然是美好的，它让人有了可以为之奋斗的目标，但希望你永远不要为了目标而忘记了初衷，就像每颗被命名的行星，不是为了冠以谁的姓氏才闪耀。”

是啊，要不是她那次去酒店调监控，酒店的人员把这幅遗失的画作递交给她，她也不会知道鹿唯其实很用心地批改了夏凉的作品。

也许，她也从没能够真正去了解鹿唯的内心，他或许有太多太多的缺点，总是让人觉得疏离难以亲近，却无法改变他温柔善良的本性。

眼泪随着她眨动的眼睫，纷纷落下，剪水双瞳里涌入满满的懊悔，夏凉蓦地站起来，对着麓微的方向深深鞠了躬：“对不起，真的非常对不起！”

见局势有所扭转，经纪人似乎心有不甘，他霍地站起，手中捏着一枚U盘。

“大家别被麓微善良的外表给骗了，其实他一直都欺瞒我们，告诉大家一个惊天秘密，你们眼中的漫画界大神其实有精神疾病，我手中就掌握有他患病的证据。”

听到这一爆炸消息的记者，忍不住一阵唏嘘，纷纷交头接耳，窃窃私语声顷刻充斥整个会场。

“你们知道……患有行尸综合征的病人是怎样看待这个世界的吗？”

凉淡的嗓音自他的嘴角溢出，似廊雨击青瓷，空灵剔透，他的声音不大却及时遏止了所有人的声音，大家都屏息凝望着台上的鹿唯，谁也没有开口，静待对方的答复。

“就像是眼睛被蒙上了一层薄纱，整个世界都是灰色的，你不会很开心也不会很难过，像行尸走肉一般活着。

“每次发病的时候，我都努力告诉自己，没事的，一切都会过去的，虽然不知道要多久，但终将会过去……

“而那些病痛留下来的伤害，没有人会替你承受，你只能自己默默地忍着，没法开口求助，因此很长很长一段时间，我都不敢见人，更不敢接触外界……”

他轻声地说，呢喃自语，眼睛里晃动着潮湿的雾气：“有时候，我都忍不住想要放弃，要不就这样吧，实在太痛苦了……

“但，我今天可以正常地站在大家面前，是因为有一个人一直在我身边，不停鼓励，不离不弃，是她告诉我，‘这世上唯有强大的爱，才能平息一切残忍！’……”

说到此处，邵小野的胸口传来一股沉窒的痉挛，感觉全身的血液也在瞬间倒冲，她愣在原地，一个字也说不出来，眼泪却控制不住地溢满眼眶。

鹿唯，回来了！还是，其实他一直都在……

鹿唯走到邵小野的身边，牵起她的手，就像儿时那般笑道：“我们……回家吧！”

泪水随着点头的动作滚落，他俩无视现场愕然的观众携手离开舞台，在经过纪景行身边的时候，邵小野下意识地停下了脚步。

望着眼前的纪景行，幼年时少年小小的身影在他的身上重合，她不知道这些年他究竟是如何度过的，不知道他内心究竟充斥着多少的怨怼和仇恨，但……

那又如何呢？

她慢慢地伸出一只手微笑道：“知恩哥！”

邵小野开口的那一瞬，纪景行的瞳孔一阵瑟缩，耳边的声音开始逐渐变得遥远……

“我们回家吧！”

“好！”

话落，仿佛过了一个世纪……

——全文完——

意林
轻文库
美少年
系列|011|
不存在的男朋友 II
默默安然 著
不存在的男朋友
热卖分享价：28.80元/本
来 自 未 来 的
"完美男友" 燃情回归
继续启动甜萌奇幻的爱情之旅！
他恨不得全天候
贴身保护她
即便如此也没能
挡住祸从天降
眼看着身边的人性命受到威胁，
两人展开分秒必争的"生死营救"
却被有心人一步步诱入更大的圈套！
悬疑 甜爱 姐妹 超时空
不存在的男朋友 II
BU CUNZAI DE
NANPENGYOU